Vorwort

Man weiß es nicht warum, aber
manchmal kehren so Erinnerungen oder ehemalige Freunde aus
tiefster Vergangenheit ganz plötzlich und unverhofft zu dir zurück.
Und zunächst weißt du nicht, wie
du so etwas einstufen sollst.
Und dann läßt du dich auf die
längst vergangene Vergangenheit
ein. Und du bist dir nicht sicher
ob es aus Neugierde oder Nostal-
gie passiert?

Also bei mir tauchte Chris ganz
plötzlich wieder auf. Ich hatte ihn
vor mehr als fünfzig Jahren das
einzige mal in meinem Leben im
damaligen Jugoslawien an einem
FKK-Strand kennengelernt.
Er war mit seinem Eltern dort,
einem Professor aus Wien mit
seiner Frau. Und sie machten jeden Sommer hier in der Nähe von
Crikvenica, gegenüber der Insel
Krk, ihren Urlaub.

Mit unseren knapp zwanzig Jahren machten wir hier am Strand
noch etwas her, aber es gab
durchaus Menschen, die besser
angezogen geblieben wären, denn
nicht alles was an einem Freikör-
perkultur-Strand herum lief hatte
etwas mit schöner Kultur zu tun.
Seitdem hatte ich die Verbindung

zu ihm verloren. Obwohl er mich damals zu einem Besuch nach Wien einlud, hatte ich es nie dorthin geschafft.

Irgendwie jedoch konnte er mich über einen gemeinsamen Freund wieder ausfindig machen und setzte sich mit mir in Verbindung. Die Geschichte, welche er mir erzählte klang sehr spannend und interessant:

Er war wohl in seiner Jugend mit einer Frau zusammen, die er nicht gut, nein gar nicht gut behandelt hatte. Das war nun mehr als fünfzig Jahre her. Und jetzt im Alter von zweiundsiebzig Jahren wollte er losziehen, um die Frau zu suchen und um sich möglicherweise zu entschuldigen oder was weiß ich?

Die Geschichte hatte sich damals auf der Insel Texel in den Niederlanden abgespielt.

Eine Insel, welche auch ich in diesem Sommer noch besuchen wollte. Denn schließlich waren wir das erste Mal in meinem Leben auf dem Heavy Metal Festival in Wacken. Und von dort aus war es nicht mehr allzu weit nach Texel. Leider zog meine Freundin nicht so recht mit, denn ihr erschienen die Strapazen zu groß, gleich nach einem Festival noch diese Insel zu besuchen.

Ich dachte noch, was sind das nur

wieder für Zufälle? Jetzt ruft Chris
mich an und will mit mir dort hin.

Was er aber überhaupt nicht
wissen konnte, war, daß es auch
in meinem Leben eine Frau
gab, die ich vor ebenfalls fünfzig
Jahren nicht gut, nein gar nicht
gut behandelt hatte. Und auch
mich drängt es immer wieder
mal danach, ihr einmal zu sagen,
welches verdammte Arschloch ich
doch damals gewesen war, als ich
sie fortschickte, gerade in dem
Moment in dem sie mir ihre Liebe
gestand!
Ich war nicht sehr oft mit meiner
Mutter einer Meinung. Aber immer wenn sie sagte, daß das was
ich mit der Bärbel gemacht hatte
nicht in Ordnung war, mußte ich
ihr Recht geben. Vielleicht ergibt
sich ja einmal die Gelegenheit für
mich ebenfalls so eine Reise in die
Vergangenheit zu machen.
Also fand ich es ganz spannend,
was er vorhatte, obwohl ich der
Angelegenheit keine großen Erfolg-
schancen gab. Dennoch entschloß
ich mich, ihn zu begleiten, nicht
zuletzt deshalb, weil ich so doch
noch auf die Insel Texel kommen
würde.
Und er dankte es mir, weil er diese
weite Strecke von Wien bis Texel
nicht alleine fahren mußte.
Nun denn: Nix wie hin!

Impressum

Bibliographische Information
der Deutschen Nationalbibliothek:

Die deutsche Nationalbibliothek
verzeichnet diese Publikation in
der Deutschen Nationalbiblio-
grafie, detaillierte bibliografische
Daten sind im Internet
über dnb.dnb.de abrufbar.

© 2024 Jürgen Bahro
2. überarbeitete Auflage
28.01.2025

Verlag:
BoD · Books on Demand GmbH,
In de Tarpen 42,
22848 Norderstedt, bod@bod.de
Druck:
Libri Plureos GmbH,
Friedensallee 273, 22763 Hamburg

ISBN: 978-3-7597-3634-5

Wie auf der Fluch

Jedes mal ist es wie auf der Fluch oder so wie bei
einem fahrenden Volk aus früheren Zeiten.
Aber vielleicht fühlt es sich bei mir auch nur so
an. Also ich meine, dass das so bei mir ist, weil ich
mich ebenfalls zu diesem fahrenden Volk zähle,
also zumindest an vielen Wochenenden.
Dann hole ich mein rotes Fahrzeug aus der Scheu-
ne und freue mich darauf über Land zu fahren
und den ganzen Tag draußen zu sein. Ich freue
mich deshalb, weil ich dann immer wieder neue
Menschen kennenlerne und sie mit meinem tollen
fahrbaren Untersatz zum Lächeln bringe.
Doch immer gilt es das Fahrzeug aufs neue zu bestücken: Frische Bettwäsche, Verpflegung, Getränke - meist Bier- und Weizendosen mit ein wenig
Cola. Elke trinkt unglaublich gerne Colaweizen.
Dann die Klamotten zum Anziehen. Vielleicht doch
was warmes?
Wie oft bin ich jetzt schon wieder die Treppen rauf
und runter gerannt, bis in den zweiten Stock. - Ach
im Keller ist ja auch noch was, was mit muß ....
Scheiße, Scheiße, Scheiße! Dann bis endlich aufge-
tankt ist - und Öl, ja Öl muß auch genügend vor-
handen sein. - Es ist jedesmal die selbe Prozedur.

Und dann endlich kann es losgehen:
Zündschlüssel rein und dah, dah, dah, dah und
aus! Nochmal: dah, dah, dah, dah- den Zündschlüssel bis zum Anschlag gedreht. Dah, dah, dah,
dah - geht da noch was, springt sie endlich an?
Und nochmal dah, dah, dah, dah und dann, ganz
langsam, so von ganz weit unten: bob, bob ,bob,
bob. Und jetzt weißt du, dass sie anspringt. Jetzt
kommt der Zweitakter in Schwung und jetzt kann`s
losgehen! Jetzt wird sie die gut fünfzig Kilometer bis

Willofs durchschnurren: Tak, tak, tak, tak, immer schön im Zweitakt - geil!

Uns stehen rund eineinhalb Stunden Fahrspaß bevor. Bei einer durchschnittlichen Reisegeschwindigkeit von dreißig Stundenkilometer schaffen wir das locker bis zum Mittag und damit zur Eröffnung des Campingplatzes.

Es ist Anfang Mai und wir eröffnen unsere ganz persönliche Festival Saison 2024. Wir haben dieses Mal noch ein paar dicke Sachen zum Anziehen dabei, denn Anfang Mai ist das Wetter noch nicht stabil und so ist man froh daran gut eingekleidet zu sein. Ich habe mir einen Poncho zugelegt. Der ist unglaublich praktisch und eignet sich hervorragend dazu abends vor dem Campingbus zu sitzen. Ich mag es nicht, wenn abends meine Knie so langsam kalt werden, dann ist es vorbei mit dem draußen sitzen - aber jetzt mit Poncho, das hat schon was. Elke war gespannt, sie hatten ihn noch nicht gesehen und schien irgend einen Widerspruch dagegen zu haben - sie ließ kein gutes Wort daran und meinte nur, ob sie mir noch eine Panflöte kaufen sollte? Aber was wußte sie schon?

Wir versuchten die großen Straßen, wie Autobahnen oder Bundesstraßen zu vermeiden. Oft waren wir sehr langsam unterwegs und wollten doch kein Verkehrshindernis darstellen.

Also ging es los, Isny hinten raus - Richtung Rohrdorf über Ratzenhofen. Dann Friesenhofen, bei Hinznang die Steigung mit zehn Stundenkilometer hoch - weiter nach Frauenzell, Muthmannshofen, Hettisried, Kimratshofen, Altusried, Dietmannsried, Probst- und Untrasried - bis hin nach Obergünzburg.

Dann das letzte Stück hinauf nach Willofs, wieder nur mir zehn Stundenkilometer die Steigung hoch. Und dann, dann fährst du ein in das Dorf, durch die

Mindeltalstraße hinein in die Bayersrieder Straße, am Gasthof Obermindeltal vorbei, direkt auf dem Campingplatz.

Vorher winkst du natürlich noch einmal kurz den beiden bunten Enten zu, die da immer vor einem alten Bauernhof stehen.

Und du freust dich tierisch, dass du unter den ersten bist, die in den Campingplatz einfahren und du so die Möglichkeit hast dir einen tollen Stellplatz zu suchen.

Heute war es ziemlich windig und für die nächsten Tage war auch Wind angesagt, also dachten wir, dass es eine gute Idee wäre, unser Wohnmobil gleich hinter den Containern am Eingang zu stellen. Doch als wir um den Container herum kamen stand dort ein riesiger Unimog mit einem Anhänger mit Holzverschlag. Das Ding sah so alt aus, dass wir dachten, dass es hier immer schon stand, also in die Landschaft gehörte.

Insgesamt war das Gespann ein noch besserer Windschutz als die Container. Also parkten wir unser Wohnmobil direkt neben ihm.

Kein Bier vor vier! - Das kannst du knicken, wenn du auf einem Festival bist. Die APE abgestellt, den Vor-Zelt-Pavillon aufgebaut, Stühle und Tische raus und sofort eine Festival Bierdose geköpft und Prost!

Veteranentreffen in Willofs

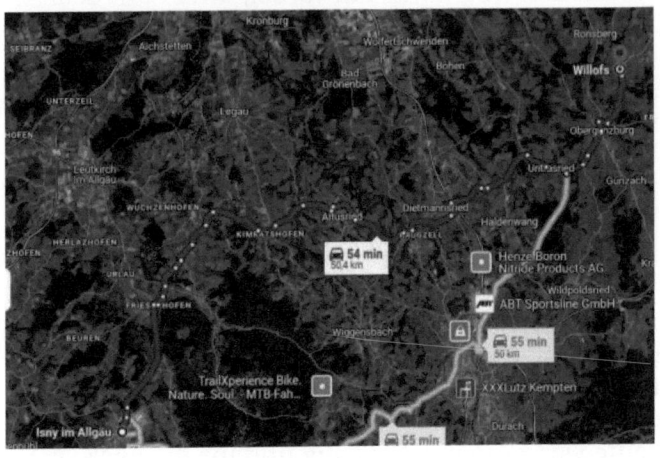

Postleit- zahl	Einwohner	Breiten- grad	Längen- grad
87634	373	47,53°	10,26°

Es ist erstaunlich wieviele junge Leute hier in
Willofs auf dem Veteranenentreffen sind. Wahrscheinlich liegt es daran, dass die Preise relativ
niedrig sind. Ich habe mir mal die Mühe gemacht
um einige Junge zu fragen, warum sie hier auf dem
Veteranentreffen sind - und ob sie überhaupt wissen wer denn hier die Veteranen sind. Die meisten
wußten es nicht - die Antwort war eigentlich immer:
„Ist mir egal, das mit den Veteranen, Hauptsache
gute Stimmung und Party ohne Ende."
Und ja, das bekamen sie hier geboten. Und es ging
auch hier sehr friedlich und ordentlich zu. Wenn-
gleich man sich fragen mußte, mit welchen Autos
und Gerätschaften diese jungen Leute heute auf
ein Festival fahren. Die haben doch alles dabei, was
das Herz begehrt - einfach unglaublich!

Und zur guten Stimmung unter den ca. tausend Besuchern trugen während der zwei Tage am dritten und vierten Mai vierzehn Bands bei:

Mc Xsälzbrot, Kapelle Petra, Dr. Aleks & theuckers, Farbfilter., Elizabeth Lee & Cozmic Mojo feat. Martin Hauke, The Mains, Yasi Hofer, Drückerkolonne, Orange, Joe Leviosa, DobBroMan, Tim Beam, El Saco Y Las Cucarachas, Pura Vida

Aber natürlich gab es auch noch einige der Veteranen. Die Kneipe Obermindeltal konnte auf eine lange Tradition zurückblicken. Sie war unter anderem so etwas wir eine Rockerkneipe, vielleicht auch nur eine Motorradfahrer Kneipe, aber das ist ja jetzt mal Wurst. Auf jeden Fall erzählt man sich, dass diese alten Motorradfahrer dieses Festival ins Leben gerufen haben und es seitdem immer im Mai stattfindet.
Und ich liebe diese Festivals. Wo diese Alt-Rocker mit ihren alten Bikermiezen unterwegs sind.
Überhaupt findet man auf jedem Festival Typen, von denen du denkst die sind aus einer anderen Welt - aber cool - echt cool, sage ich euch!
Nicht wirklich cool war, dass dieser Riesenunimog nicht zum Inventar auf dieser Wiese gehörte. Er gehörte zwei jungen Burschen aus einem Nachbarort von Willofs. Und dieser Holzverschlag auf dem

Anhänger war ein Whirlpool.

In jener Nacht hatten die jungen Menschen neben uns die ganze Zeit ihre Musik auf vollster Lautstärke gehört. Die Box stand genau neben unserer APE. Aber die Musik war wirklich zu ertragen - also mir gefiel sie. Als sie jedoch gegen zwei Uhr nachts aufhörte und statt dessen nur noch ein sehr, sehr lautes Geräusch zu hören war, machte ich mich auf, um diesem Krach auf den Grund zu gehen. Die jungen Leute waren verschwunden, möglicherweise waren sie noch auf der Discoparty, die auf dem Festivalgelände angeboten wurde. Der unsägliche Krach kam aber aus der anderen Richtung. Es war das Aggregat, welches die beiden jungen Burschen angeworfen hatte, um die fünftausend Liter Wasser in ihrem Whirlpool anzuheizen. Da von den beiden jede Spur fehlte, mußten wir den Krach bis vier Uhr morgens aushalten - danach wurde es nicht nur ruhiger, sondern es gab auch noch was zu sehen. Da tauchten dann etliche Jugendliche wieder auf und sprangen nackt in den Whirlpool. Ich fand's toll - toller jedoch fand ich, dass keine Veteranen in den Whirlpool sprangen. Gegen fünf war dann endlich Ruhe auf dem Campingplatz und wir konnten noch ein paar Stündchen schlafen.

Die häufigste Frage, die wir beide, also Elke und ich auf allen Campingplätzen, auf denen wir sind, zu hören bekommen ist: "Schlaft ihr wirklich da drin?" Da drin ist der Kastenaufbau unserer APE, der uns immerhin eine Liegefläche von einem Meter fünf auf einem Meter achtundsiebzig beschert.

Das ist reichlich Platz für zwei, nicht zuletzt, weil wir ja manchmal auch etwas betrunken ins Bett gehen, aber in erster Linie deshalb, weil es auf Festival Campingplätzen zuweilen sehr laut zugeht, so dass man irgendwann einfach einschläft, egal, was da um einen herum passiert. Es ist nicht immer angenehm, aber schließlich wissen wir ja, auf was wir uns einlassen.

Und wir wissen auch, dass wir mit unserer APE so viel gute Laune und Spaß verbreiten, so dass wir immer mittendrin sind!

Und das schönste von allem ist, dass du die ganzen zwei oder drei Tage ständig draußen bist. Das macht richtig gute Laune, nicht zuletzt auch deshalb, weil man immer wieder interessante Menschen trifft.

Und dann am Morgen, dieses Ritual des Kaffeekochens. Wir haben tatsächlich noch so einen Filter, in den man Kaffeepulver rein tut, Das Wasser wird auf dem Gasherd heiß gemacht und dann nach und nach aufgegossen. Das dauert immer eine kurze Weile, bis sich das Wasser komplett den Weg durch das Kaffeepulver gebahnt hat. - Aber dann, dann hast du einen Superkaffee.

So einen hatten wir auch, als wir am Sonntag Morgen wieder Richtung Heimat aufbrachen. Und da ist es dann überhaupt nicht schlimm, wenn man der erste im Stau ist. Denn es gibt genügend Gelegenheit rechts heranzufahren um die Schnelleren vorbeizulassen. Die freuen sich immer richtig und winken uns freundlich zu - einfach toll!

Spannung pur !

Also man muß sich das mal vorstellen:
Da ist ein für sein Alter noch jugendlich aussehender alter Mann den eine seiner Jugendsünden dermaßen plagt, dass er sich aufmachen will, um das jetzt, nach fünfzig Jahren, geradezubiegen.
Was genau er damit bezweckte weiß ich nicht. Möglicherweise wollte er sich entschuldigen - aber das nach so vielen Jahren? Und sie, ebenfalls fünfzig Jahre älter als damals, was würde sie sich dabei denken? Wie könnte so etwas aussehen?
Ich spiele das mal am Beispiel mit mir und meiner Bärbel durch.
Natürlich habe ich im Vorfeld recherchiert:
Ja, sie lebt noch - weil sie könnte ja innerhalb von fünfzig Jahren auch schon mal verstorben sein. Kann sein, daß sie verheiratet ist. Die Wahrscheinlichkeit jedoch ist eher gering, da sich ja bekanntlich in Deutschland fast 40% der Ehepaare scheiden lassen. Falls sie zu den anderen 60% gehört wäre das auch nicht schlimm, denn schließlich habe ich ältere Rechte, also so fünfzig Jahre ältere Rechte. Und dann hat sie mich ja mal geliebt. Also wird das heute noch so sein und sie schickt ihren Ehemann, mit dem sie vielleicht schon 49 Jahre verheiratet ist einfach in die Wüste - einfach mal so, der damaligen Liebe wegen!
Ich komme da an und sie ist, wie einst, Feuer und Flamme, wirft alles über Bord, verläßt Haus, Hof und Kinder und erklärt mir, dass sie auf diesen Tag so lange gewartet hat.
Es braucht nicht lange, bis sie ihren alten Koffer mit Klamotten gepackt hat - nur das Nötigste natürlich. ... aber das kleine Schwarze vielleicht doch auch noch mitgenommen? Dann den Rollator aus der Ecke geholt, den Koffer mit einem

Klettverschluß dran befestigt und ab durch die Mitte.

Und du stehst da und denkst: „Moment mal - so war das ja vielleicht doch nicht gemeint!" Denn schließlich hast du Haus und Hof und Frau und Kinder. - Und willst du dass wirklich alles aufgeben für so eine alte gebrechliche Frau, an der nichts mehr so ist wie es früher mal war? Die beim Reden mit ihrer Zunge immer gegen das gelbe Gebiß stößt, so dass die Zähne anfangen zu wackeln. Und die so viel Dreck unter den Fingernägeln hat, dass du damit im Winter deine ganze Ausfahrt streuen könntest. - Ach du meine Güte, was war nur aus ihr geworden?

Oder aber sie zeigt sich einigermaßen erfreut. Bittet mich gleich zur Tür hinein und bietet mir einen Kaffee an. Auf diesen Tag hat sie schon so lange gewartet. Und nun tauche ich doch tatsächlich noch einmal bei ihr auf. Sie kann ihre Freude über meinen Besuch nicht verbergen. Sie tänzelt um mich rum, bietet mir einen Platz auf ihrem weichen Sofa an. Legt unsere Lieblingsmusik von einst auf und stellt eine Kerze auf den Tisch. Da es noch taghell ist, zieht sie die Gardinen vor die Fenster damit ein wenig romantische Stimmung aufkommt. Und weißt du noch, wie es früher war, es mögen jetzt fünfzig Jahre her sein, aber ich weiß alles noch ganz genau. Sie weiß noch ganz genau was für ein Arschloch du da warst, damals als sie dir ihre Liebe gestand. Und jetzt hast du die Unverschämtheit und tauchst hier auf und glaubst, dass es noch einmal so sein könnte wie damals. Was bist du doch für ein Trottel - schau dich doch mal an, du gebrechliches Etwas. Glaubst du wirklich ich habe Lust dich noch zu pflegen. Gerade ich, die selbst nicht mehr wirklich ohne fremde Hilfe klar kommt.

Aber schön, dass du da bist. Ich habe doch noch irgendwo ein Päckchen Arsen rum zu stehen, mal sehen ob ich es finde.

Denn schließlich weiß man ja, daß die letale Dosis (letale Dosis ist diejenige Menge einer Substanz die zum Tode führt) von oral aufgenommenem Arsen bei 100 bis 300 mg liegt.

Und so verschwindet sie in den Keller um das besagt Päckchen zu holen, um mir einen Trunk zu mischen, der all ihren Hass der vergangenen Jahre auf ein paar Milligramm reduziert, die bei mir zum sicheren Tode führen werden. Und sie reicht mir die Kaffeetasse, schaut tief in meine Augen, schmunzelt ein wenig dabei, nimmt zärtlich meine Hand, wartet ab bis ich meinen Kaffee getrunken habe. Und verabschiedet mich dann mit den Worten: „Hasta la vista Baby".

Oder aber, ich komme da an, anfänglich will sie nicht mit mir reden. Aber da ich schon mal hier bin, gebietet es die Höflichkeit mich hinein zu lassen. Und sie erzählt mit dünner Stimme, wie sie nach der Trennung gelitten hat. Das sie das so sehr aus der Fassung gebracht hat, dass sie kein Selbstvertrauen mehr über all die Jahre hat aufbauen können. Dass sie nur hinter verschlossenen Fenstern in dunklen Räumen saß und nicht mitbekommen hat, was dort draußen vor sich ging. Sie war gebrochen, seit fünfzig Jahren ein menschliches Wrack und das alles nur wegen mir!

Und ich denke: „Ach Gott, wäre ich doch lieber Zuhause geblieben!"

Denn das was ich ihr angetan hatte war nicht mehr zu reparieren. Und nein, es war auch nicht zu entschuldigen! Und so werden meine Selbstvorwürfe noch größer und mir wird klar warum ich immer das Gefühl hatte da etwas gerade zu biegen, was überhaupt nicht mehr gerade zu biegen ist.

Oder aber, ich komme da an und sie sagt: "Was glaubst du denn wer du bist, du Arschloch. Ich habe nach dir noch viele Männer gehabt - und glaube mir, die waren alle besser wie du! Schau dir doch mein Haus und meinen Hof und meinen Mann und meine Kinder an. Die sind alle viel, viel besser als du es jemals warst! Mach dass du weg kommst. Ich kann dich nicht gebrauchen - suche dir eine andere die dich noch bis zu deinem Lebensende pflegen will! Und laß dich bloß hier nicht mehr sehen!" Komisch - und ich hatte immer geglaubt ich sei ein cooler Typ.
Ja, es gäbe viele Möglichkeiten wie die Reise zurück in die Vergangenheit aussehen könnte.
Interessant wäre es allemal zu wissen, wie denn nun wirklich dein Leben verlaufen wäre, wenn du dich früher auf diesen Menschen eingelassen hättest. War es damals die Weiche, die du falsch gestellt hast? Oder wäre auch diese Liebe verflossen, so wie viele Lieben danach verflossen sind?
Ich kann es nicht einschätzen, was es einem Menschen nach so einer langen Zeit noch geben kann, wenn du da hingehst und sagst: „Bärbel, das was ich da damals mit dir gemacht habe, das war wirklich nicht in Ordnung. Ich würde mich gerne dafür entschuldigen." Aber ich glaube, dass ich mich nicht mehr mit ihr einlassen würde.
Ich glaube das wäre so, als ob ich ihr ein Gefühl von Mitleid geben würde. Ich bin nur aus Mitleid mit dir zusammen, weil ich damals so ein Arschloch war. Nein, es gab damals diese Trennung und die war gut so - nur es hätte natürlich ganz anders verlaufen müssen.

Jung und dumm

Also was Frauen anbelangte war ich wohl eher
ein Spätzünder. Ich verbrachte meine Zeit damals
nur beim Sport. Ein paar mal Stadtmeister in der
Jugend in der Leichtatlethik,: 100 Meter Lauf, Weit-
sprung und 1000 Meter Lauf.
Dann mal Handball ausprobiert, aber gleich wieder
sein gelassen, nachdem ich einige Male eins auf die
Fresse bekommen hatte. Denn schließlich wollte ich
mein hübsches Gesicht nicht verunstalten lassen.
Dann Spielmannszug, danach Fanfarenzug.
Doch meine große Liebe gehörte dem Fußball. Was
war das doch für ein geiler Sport. Ich könnte heute
noch ins Schwärmen kommen, wenn ich zurück
an die Zeit denke, als ich als Rechtsaußen die Linie
entlang flitzte, das lange Haar wehend im Wind.
Aber das ist Schnee von gestern.
Und ich gehöre nicht zu denen die ein Leben lang
ihrer Jugend nachhängen. Alles hat seine Zeit und
so kam auch bei mir die Zeit, in der ich bemerkte,
dass es noch andere Bälle gab, außer Lederbäl-
len, mit denen es auch sehr reizvoll sein konnte zu
spielen.
Vielleicht war es schon früher so, dass ich deswegen einen Schlag bei den Mädels weg hatte, weil
ich stets aktiv und gut gelaunt war. Aber nicht nur
ich sondern einige meiner Mannschaftskollegen
erging es ebenso. Sport machte wohl damals schon
attraktiv.
Wir waren damals immer zu dritt unterwegs. Und
es dauerte nicht lange, bis wir in unserem Städtchen den Ruf der Weiberhelden intus hatten.
Dabei war etwas nicht wirklich zu erklären. Je
schlimmer wir es trieben, um so anziehender schie-
ne wir für die Mädels zu werden. Und immer öfter
rannten wir offene Türen ein!

Und das fanden wir damals richtig gut.

Wobei man wissen mußte, dass wir eigentlich schon ganz anständige Kerle waren. Damals, also zu dieser Zeit mit siebzehn, achtzehn Jahren haben wir im Grunde nur etwas rum geknutscht und vielleicht einmal ein wenig rum gefummelt. Mehr war da eigentlich nicht. Deshalb habe ich diese Sache da, damals wo wir noch so jung und dumm waren in eine andere Zeiteinteilung gesteckt als das was danach kam.

Danach kam dann der erste Sex und lange Beziehungen. Also so die erste richtige Freundin. So mit allem drum und dran. - Händchen halten und so, na ihr wißt schon. Aber das gehörte dann in die zweite Hälfte meiner Zeiteinteilung was die Frauen anbetraf.

Später kam dann noch eine dritte dazu: Scheidung und so ein Kram.

War auch nicht schön. Außer, dass es immer eine schöne Zeit war verheiratet zu sein. Das war immer eigentlich richtig gut - bis die Trennung dann kam. Das war dann wirklich nicht wirklich gut.

Aber ich wollte ja eigentlich vom ersten Abschnitt meiner Weibergeschichten erzählen, der ja eigentlich nicht zählt, weil da nur geknutscht oder gefummelt wurde.

Oft denke ich, wäre ich doch lieber Fußballprofi geworden, dann wäre mir womöglich einiges erspart geblieben was die Frau anbelangt. Ich hätte jetzt vielleicht ein wenig mehr Geld, aber das was ich damals so als Nichtprofi erlebt hatte, war natürlich nicht mit Geld aufzuwiegen.

Ich denke ich habe alles richtig gemacht. Zumal ich heute immer wieder gesagt bekomme, dass ich mich richtig gut gehalten hätte für mein Alter. Aber da hielt ich es schon immer mit George Moustaki der es in seinem Lied „Ich bin ein Fremder" so formulierte: „Die braune Haut ist heut' noch glatt weil sie sich glattgerieben hat an allem was nur Röcke trug!

Ja, Frauen und Bier das war fortan meine Droge. Ist übrigens ne tolle Droge, bei mir funktioniert die im Alter immernoch!

Also wir drei konnten uns zu dieser Zeit vor Frauen wirklich nicht retten. Ich war mit einer zusammen, die nach drei Wochen mit mir Schluß machte, weil ihre Freundin auch mal mit mir zusammen sein wollte. Meine anfänglichen Skrupel verflogen sofort, als ich die Freundin sah.

Wir drei waren so eine Männergesellschaft, die sich geschworen hatte, dass unsere Freundschaft wegen einer Frau nicht zerbrechen würde.

Und so würfelten wir, wer es zuerst versuchen durfte, wenn uns allen drei die selbe Frau gut gefiel. Wenn es beim ersten klappte, war sie tabu für die anderen zwei. Wenn nicht, durfte der nächste sein Glück probieren.

Und dann kam Bärbel. Natürlich gefiel sie uns allen dreien. Doch das Würfelglück war auf meiner Seite. Und ich bändelte mit ihr an. Sie war sehr in mich verliebt, bekam aber irgendwie das mit dem Würfelspiel heraus und sprach mich natürlich darauf an. Ich hätte nicht so ehrlich sein sollen und ihr gestehen, wenn ein andere gewonnen hätte, hätte er es bei ihr versuchen können. Sie war sehr getroffen deswegen und machte sofort Schluß. Es half auch nichts ihr zu erklären dass sie die anderen zwei ja hätte ablehnen können. Jung und dumm! Und bis heute denke ich daran, dass das nicht wirklich toll gewesen ist damals. Genauso wie es meine Mutter immer sagte. Und immer wieder denke ich, dass ich mich heute noch bei ihr entschuldigen sollte. Gerade so wie mein Freund, mit dem ich jetzt auf dem Weg nach Texel war.

Recherche

Ja, auch mein Freund, nennen wir ihn mal Chris, hatte recherchiert. Er hatte herausgefunden dass sie noch lebte und dass sie auf dieser niederländischen Insel in der Nordsee Zuhause war.
Er wußte von damals dass sie auf einem kleinen Anwesen wohnte.
Und so war es kein Zufall, dass er in dem kleinen Ort Den Hoorn das Hotel auswählte, nicht weit weg von diesem besagten Anwesen.
Also machten wir uns an jenem Sonntag Morgen um vier Uhr auf, um zurück in seine Vergangenheit zu reisen. Er schien zu allem entschlossen und wollte unbedingt seine damalige Freundin noch einmal sehen.
Und so erzählte er mir auf unserer langen Fahrt noch einige Erlebnisse aus den letzten fünfzig Jahren. Es waren viele Dinge dabei, die ich noch nicht wußte. Und es waren viele solcher Dinge dabei, die eine weitere Reise nötig gemacht hätten. Aber trotz allem, er stand zu dem Erlebten, auch wenn es selbst nicht immer gut fand. Aber er wollte es ganz offenbar nochmals gerade biegen. Und genau das war der Stoff aus dem die Helden gemacht werden. Wider allen Widerstands fuhren wir dann doch mit über 250 PS in einer Nobelkarosse auf Texel zu.
In knapp 10 Stunden ließ er die rund 850 Kilometer vom Süden der Provinz, nämlich aus dem schönen Allgäu, hinter uns, fuhren auf die Fähre und waren auch schon am Ort des früheren Geschehens.
Ja, mit so einem Mercedes ist man dann doch ganz schnell mal an einem anderen Ort. Überhaupt wäre man, so man sich die Zeit nähme, ganz schnell ganz woanders. Ich bin jedesmal überrascht, wenn ich mich aufraffe und in meine Kiste (70 PS) setze, wie weit ich in 10 Stunden kommen kann.

Nein, mit der APE fahre ich nicht!

Es war tatsächlich so, dass ich nur ein kleines Zeitfenster für unsere Reise nach Texel hatte.
Wir wollten ja direkt im Anschluß an diese etwas merkwürdige Reise unser diesjähriges Festival Jahr mit dem Besuch des „End of Summer Festivals" in Willofs beenden.
Das Festival begann am Freitag und so war es mir wichtig, dass ich spätestens am Donnerstag Abend wieder zurück in Isny war.
Vor unserer Reise nach Texel hatte sich meine jüngere Tochter bei mir gemeldet. Die wollte mit ihrem Sohn ein paar Tage zum Camping gehen.
Wir, also Elke und ich, hatten zuvor eine Woche am Badsee in Beuren gecampt. Bei schönem Wetter war das wie im richtigen Urlaub, obwohl der Badsee nur knappe elf Kilometer von Isny entfernt lag.
Meine Tochter meinte, dass das auch etwas für sie und ihren Sohn wäre, der in diesem Jahr in seinen Sommerferien noch nichts erlebt hatte. Wir konnten also für sie noch vier Tage auf dem Campingplatz buchen, so dass sie am Samstag vor meiner Texel Reise in Beuren anreiste. Aber sie mußte den Platz am Dienstag wieder räumen, da dann wieder andere Gäste kamen.
Das kleine Problem, das sich daraus ergab war folgendes: Ich konnte ihr am Samstag die APE zum Campingplatz bringen und ihr beim Aufbau des Pavillon helfen. Dann mußte ich am Sonntag Morgen gegen fünf Uhr los fahren - in Richtung Texel.
Ich würde also am Dienstag nicht bei ihr sein können, um ihr beim Abbau zu helfen und um die APE vom Campingplatz zu fahren. Das würde für sie bedeuten, dass sie selbst die APE vom Campingplatz fahren müsste, um sie außerhalb zu parken, dass ich sie dann am Donnerstag, wenn ich aus Texel

zurück sein würde wieder abholen konnte.

„Nein, mit der APE fahre ich nicht!", war sofort ihr Kommentar. Das konnte ich schon verstehen, denn APE fahren ist nun mal was ganz was anderes als Auto fahren. Und sie war natürlich noch niemals zuvor mit dem Ding gefahren.

Nun galt es natürlich wieder zu organisieren.

 Zu meinem und in diesem ganz speziellen Fall zu meiner Tochter ihrem Glück, habe ich eine ganz bezaubernde, reizende Freundin.

Und wenn man es ihr das genauso sagt, dann ist sie auch schon mal bereit am Dienstag die knapp fünfundzwanzig Kilometer von sich Zuhause nach Beuren an den Badsee zu fahren, um meiner Tochter beim Abbau zu helfen und um dann höchstpersönlich die APE vom Campingplatz auf den davor liegenden Parkplatz zu fahren. Um sie dann dort stehen zu lassen, damit ich sie am Donnerstag abholen kann.

Das hat alles wunderbar geklappt. Meine Tochter hatte ein paar schöne Tage am Badsee und ihr Sohn noch etwas in seinen Ferien erlebt.

Natürlich würde Elke am Donnerstag wieder mit mir zum Badsee fahren, um die APE für unsere Fahrt am Freitag nach Willofs abzuholen.

Ein kleines Mißgeschick

Bevor wir jedoch nach Texel durchstarten konnten, passierte uns noch ein kleines Mißgeschick. Ursprünglich war geplant, dass Chris mich bei mir Zuhause abholen sollte.

Meine Tochter meldete sich jedoch einen Tag vorher um sich mein Auto zu leihen. Da sie ganz in der Nähe einer Autobahnauffahrt wohnte, die wir nehmen konnten, machte ich mit ihm aus, dass er mich bei meiner Tochter abholen sollte. „Wir sind gegen sechs Uhr morgens bei dir, bist du da schon auf?" Ja, dass ist kein Problem, da sie um diese Zeit mit dem Hund vor die Türe ging. Ich könnte ihr den Autoschlüssel dann geben.

Chris kam einigermaßen pünktlich. Er machte die Hintertüre auf, damit ich meine Jacke dort hinein werfen konnte. Der Kofferraumdeckel wurde ebenso geöffnet, damit ich meinen Koffer hineinlegen konnte. Meine Tochter war bereits draußen und der Hund suchte sich ein Plätzchen wo er sein Geschäft verrichten konnte, das dachten wir zumindest.

„Also, Schatz wir müssen jetzt los!" Küsschen hier, Küsschen da: "Viel Spaß und kommt gesund wieder heim! - Und melde dich, wenn ihr da seid."

Ja, das wollte ich tun,.. Kofferraum zu, Hintertür zu und ab auf die Autobahn, die keine zwei Kilometer vom Haus meiner Tochter entfernt war.

Wir fuhren gerade auf den Highway, als Chris fragte: „Hast du das auch gehört?" Ja, ich hatte es auch gehört. „Ist da was auf dem Rücksitz?" Nein, auf dem Rücksitz war nichts, aber im Fußraum.

„Ach du Scheiße, das ist ja der Hund von meiner Tochter!" Im selben Moment rief meine Tochter an: „Du, Papa ich kann meinen Hund nicht mehr finden, ist der etwa bei euch?" Ja, in der Tat, er ist bei uns. Wir kehrten also um und brachten ihn zurück.

Africa Festival in Würzburg

Das nächste Festival fand in Würzburg statt. Würzburg sind etwa dreihundert Kilometer von Isny entfernt. Das bedeutete für uns, dass wir für die Anreise reine zehn Stunden Fahrtzeit hatten. So sehr es auch Spaß machte mit der APE unterwegs zu sein - nein, zehn Stunden am Stück sind dann doch nicht mehr sehr komfortabel. Wir überlegten uns einen Zwischenstopp auf halber Strecke einzulegen.

Nun ist Elke ja viel auf Instagram und TikTok unterwegs. Ihr macht es sehr viel Spaß immer wieder mal ein Filmchen über unsere Unternehmungen mit der APE ins Netz zu stellen. Da ist sie eigentlich schon recht erfolgreich. Auf TikTok haben wir immerhin schon viertausendachthundertunddrei Followers und einer ihrer Filme wurde über achthundertachtzehntausend mal angeklickt.

Zwei von diesen achthundertachtzehntausend Klickern wollten uns unbedingt kennen lernen, weil sie uns so super toll fanden.

Da war es echt cool, als ca. eine Woche vor unserem Festival ihre Anfrage zu einem gemeinsamen Treffen kam. Und der Hammer war, dass sie fast genau auf halbem Weg nach Würzburg, nämlich in Sontheim an der Brenz, wohnten. Da wären wir möglicherweise sowieso vorbeigekommen. Also hatten wir eine Stelle, die wir anfahren konnten um dort für eine Nacht zu bleiben.

Die beiden lebten zusammen mit ihren drei Hunden in einem Wohnwagen. Wegen Familienstreitigkeiten waren sie dazu gezwungen worden. Einst hatten sie ein Gnadenhof für Tiere betrieben, heute waren sie auf das Gnadenbrot anderer angewiesen.

Drei Hunde bedeutete, zwei so kleine chinesische Ratten, ich glaube die heißen Pekingesen - und ein Berner Sennenhund. Der hatte schwer eins an der Klatsche. Er meinte wohl, dass auch er so ein kleiner Pekinese war und wollte ständig bei mir auf dem Schoß sitzen. Dazu sein ständiges Gesabber auf mein frisch gewaschenes Hemd. Und die anderen zwei waren genauso neben der Kappe. Ständig flitzten sie zwischen unsere Beinen durch und waren die ganze Zeit am Kläffen. Über Tische und Bänke hinweg und überall dort, wo man sie nicht gebrauchen konnte. Eine wirkliche Unterhaltung kam deshalb nicht zu Stande, weil man dauernd diesem Riesenköder sagen mußte, dass er kein Pekinese war, also nichts auf dem Schoß von Besuchern zu suchen hatte.

Und den kleinen Ratten schrie man immer wieder und immer wieder hinterher, dass sie die Klappe halten sollen. Sie taten es nicht. Nein sie rannten ständig zum Gartentor und bellten irgendwelche Fußgänger an, die da vorbeikamen.

Also tranken wir unser Bier aus und beschlossen außerhalb des Grundstückes unsere APE aufzubauen - weit weg von diesen Biestern.

Und immer wieder dachte ich, dass ich den besten Spruch überhaupt hatte und auch danach lebte.

Keine Tiere und keine Pflanzen!

Und ich deshalb nie angebunden oder zu irgend etwas verpflichtet war - einfach nur genial.

Auf unserer Fahrt ließen wir natürlich wieder die Autobahnen außen vor. Elke bekam schon Schweißausbrüche, wenn wir nur über eine Brücke die Autobahn überquerten. Und so kamen wir in abgelegene Gegenden, die ihren eigenen Reiz hatte.

Bis Sontheim waren wir gute vier Stunden unterwegs, ließen dabei so Städte wie Legau, Lautrach, Aitrach, Tann-, Berk-, Erolz-, Balz- und Dietenheim hinter uns. Kamen durch Weißenhorn, Pfaffenhofen an der Roth, Bibertal, Günzburg und Niederstotzingen durch.

Am nächsten Morgen verabschiedeten wir uns gleich nach dem Frühstück von unseren Gastgebern. Ich wollte nicht, dass mir der große ein weiteres Hemd versaute.

Und es ging weiter nach Würzburg. Für die rund einhundertundachtzig Kilometer brauchten wir dann doch satte sieben Stunden, Aber dafür lagen wieder einige Städte auf unserem Weg, in denen ich vorher nie gewesen bin: Dischingen, Nördlingen, Wilburgstetten, Dinkelbühl, Schopfloch, Feuchtwangen, Wörnitz, Insingen, Steinsfeld, Gollhofen, Ochsenfurt und Randersacker.

Es war dieses Wochenende wo es einige Hochwasser Meldungen gab. Auf unserem Weg nach Würzburg bekamen wir davon aber nichts mit. Und auch das Africa Festival fand statt, ohne dass man sich dort vor Ort Sorgen über das Wetter machte. Und so kamen wir am Spätnachmittag auf dem Campingplatz, mitten in Würzburg in den Main Auen, an. Es regnete leicht, aber wir konnten schnell unser Pavillon aufbauen und waren auch schon bald fürs Festival gerichtet.
Leider stellten wir schon sehr schnell fest, dass dieses Festival, vielleicht auch wegen dem schlechten Wetter, nicht sehr toll werden sollte. Im Gegensatz zu den Ankündigungen war der Campingplatz halb leer - nicht so wie in den Jahren zuvor, dass man kaum einen Platz bekam. Und auch

die Besucherzahl im Festivalgelände hielt sich in Grenzen. Es gab erstaunlich wenig Besucher, was sicherlich dazu führte, dass die ganzen Händler kein gutes Geschäft machen sollten.

Viele Musikgruppen auf dem Gelände spielten Salsa. Es wurde eigentlich nur Salsa gespielt, obwohl das doch eher nach Südamerika, denn nach Africa gehört? Und Stimmung kam nur bei den abendlichen Veranstaltungen auf, immer dann wenn mehr Zuschauer auf das Gelände strömten, wie es tagsüber waren.

Aber auch sonst war das Festival nicht mehr so interessant, wie es vor ein paar Jahren gewesen war. Es gab keine Trommler mehr, die auf dem Gelände oder unter Brücken in Würzburg Musik machten. Es hatten sich einige Anwohner über den Lärm beschwert. Insgesamt war es viel kleiner geworden, wie zuvor.

Und immer wieder Regen - und immer wieder der Blick zum Main, ob das Wasser nicht über die Ufer steigen wollte. Ab und zu mal trockene Stunden aber insgesamt keine wirklich gute Stimmung.

 Am Freitag Abend sind wir dann mal nach Würzburg rein gelaufen. Das Wetter war schlecht und es wurde kalt. Also fanden wir ein kleines, gemütliches Irish Pub, wo wir uns ein wenig aufwärmen konnten. Bei irischem Whisky und Bier konnte man es hier durchaus gut aushalten. Außerdem war es lustig dem Ober zuzusehen, denn der schien irgendwie total zugekifft zu sein.

Am Samstag fing es dann so richtig zum Regnen an. Also entschlossen wir uns abzureisen. Wir packten das feuchte Zeug in die APE und machten uns auf den Heimweg. Und weil wir nicht mehr nach Steinheim an der Brenz wollten, nahmen wir für den Rückweg eine etwas andere Route.

Zur Not würden wir uns ein Campingplatz auf halbem Weg suchen, wo wir noch eine Nacht bleiben würden.

Also ging es zunächst auf der „alten Strecke" zurück nach Gollhofen. Dort aber nicht nach links Richtung Steinsfeld abgebogen, sondern geradeaus Richtung Uffenhofen weiter. An Ansbach vorbei nach Burgoberbach, Wassertrüdingen und Oettingen. Das ist da, wo es dieses furchtbar billige Bier gibt. - Wird man aber auch von besoffen, wenn man nur genügend trinkt. Weiter ging's an Nördlingen vorbei nach Hohenaltheim und Hochstädt.

Die APE schnurrte nur so. Es schien als hatte sie Lust auf solche langen Strecken bekommen - wir machten richtig Kilometer und hatten bis hierher schon einhundertundsiebzig davon hinter uns gelassen und das in schlappen sechs Stunden.

In den darauf folgenden drei Stunden kamen wir, vorbei an Dillingen, Günzburg, Kammeltal, Neuburg und Krumbach auf Babenhausen zu.

Ab Kettershausen wurde die Fahrt etwas ungemütlich. Links und rechts der Straße waren riesige Flächen überschwemmt. Ab und zu lief das Wasser auch über die Straße, aber nur in kleinen Bächen, so dass ich es mir durchaus zumutete mit der APE da hindurch zu kommen. Elke wurde neben mir immer unruhiger. Dann kam mal wieder eine länger Strecke, die komplett mit Wasser überschwemmt war - aber immer noch so, dass die APE wie nix da durchfuhr. Es waren immerhin fünf Kilometer von Kettershausen bis Babenhausen, ohne dass wir durch ein Schild auf bestehendes Hochwasser aufmerksam gemacht wurden. Plötzlich gingen unsere Händys los. Ich konnte das Geräusch zunächst nicht dem Handy zuordnen und dachte, dass nun doch etwas an der APE war. Aber Elke fand ihres gleich und las mir vor, dass Richtung Augsburg mit sehr viel Hochwasser zu rechen war. Aber da wollten wir ja nicht hin.

So langsam wurde es dunkel und der Regen setzte wieder ein. Ich sagte zu Elke, dass wir die letzten zwei Stunden bis Isny auch noch durchziehen würden, da die APE richtig gut lief. Da können wir dann bei der „Last Order" noch ein Bier bestellen und sind auch schon zu Hause.

Wir fuhren am Ortseingang von Babenhausen auf einen Kreisverkehr zu. Der hatte vier Ausfahrten. Drei davon waren gesperrt. Nur die, aus der Richtung wir kamen war offen. „Na super - und was jetzt?" Ich entschloß mich dennoch nach Babenhausen hinein zu fahren. Es dauerte nicht lange bis wir überall riesige Rettungsfahrzeuge von der Hochwasserrettung zu sehen bekamen. Memmingen würde jetzt unser nächstes Ziel sein und so folgte ich der Straßenbeschilderung. Der Ort Babenhausen ist so ein wenig am Hang gebaut. Nach Memmingen ging es eine kleine Steigung hinunter in den Ortskern. Als wir fast unten waren, sahen wir, dass die komplette Innenstadt unter Wasser stand. Die Brücke hinüber nach Memmingen war ebenfalls überflutet. „Fahr da bloß nicht durch", meinte Elke, die sichtlich geschockt von dem nun erlebten war. „Dreh um und fahr den Berg wieder hoch, nicht dass wir noch weggeschwemmt werden!" Ich erkannte natürlich auch, dass es keine gute Idee war hier noch weiterzufahren. Also drehte ich bei nächster Gelegenheit um und fuhr wieder stadtauswärts den Berg hinauf. Oben angekommen stieg ich aus und fragte bei den Rettungshelfern nach, ob es noch eine Möglichkeit gäbe heute Abend nach Memmingen zu kommen. Sie konnten mir keine Auskunft geben, da sie nicht ortskundig waren - sie waren bis aus dem neunzig Kilometer entfernten Ravensburg angereist, um hier zu helfen. Eine Gruppe junger Burschen am Straßenrand erklärten mir, dass ich einen sehr großen Umweg fahren müsse, wenn ich noch nach Memmingen kommen wollte. Aber auch diese Straße führte über die Günz und sie konnten mir nicht sagen, ob die dort nicht auch über die Ufer getreten war.

Einen großen Umweg wollte ich nicht fahren. Außerdem war es nun stockdunkel geworden. Es wäre ein Blindflug mit der APE gewesen, da die Beleuchtung nicht wirklich gut war. Elke fürchtete immer noch, dass wir von den Fluten weggerissen werden könnten, also schaute ich zu, dass wir noch ein wenig höher den Berg hinauf kamen.

Wir fuhren aus Babenhausen hinaus und kamen in den nächsten Ort: Kirchhaslach.

Hier waren wir hoch genug oben, so dass Elke keine Angst mehr haben mußte, dass wir in den Fluten versanken.

In der Dunkelheit sah ich fast nichts mehr. Gleich am Ortseingang erblickte ich einen Bauernhof mit einem riesigen ausladenden Dach. Das erschien mir geradezu ideal die APE dort hinzustellen, um zu übernachten. Doch Elke bekam wieder Zweifel: „Das kannst du doch nicht machen, einfach so dich hier hinzustellen. Der Bauer kommt bestimmt mit der Mistgabel oder hetzt seinen Hund auf uns."

„Nix, wir bleiben hier, denn schließlich ist das ein Notfall!"

Zu ihrer Beruhigung klingelte ich noch an der Haustür, aber es machte niemand auf. Nur die Kühe im Stall muhten so vor sich hin.

„Der kommt bestimmt morgen früh um die Kühe zu melken und dann können wir was erleben!" Was sollten wir schon erleben? Außer uns wegjagen konnte er nicht mehr machen. Und nochmal: Das hier war ein Notfall.

Elke tat sich schwer mit dem Einschlafen, aber irgendwann beruhigte sie sich dann doch und fiel in einen tiefen Schlaf. Als wir am andern Morgen um sechs Uhr aufwachten war immer noch kein Bauer zu sehen. Wir machten uns kurz einen Kaffee und fuhren dann nach Babenhausen zurück.

Wir hatten Glück. Das Wasser war so weit zurückgegangen, dass sie die Brücke nach Memmingen freigegeben hatten. Wir fuhren zwischen ein paar Wasserschläuchen durch, vorbei an Wasserpumpen und den großen Rettungswagen. Nein, Hochwasser war keine schöne Sache. Meine Gedanken waren bei den geschädigten Anwohner in der Innenstadt von Babenhausen. Später erzählte man uns, dass Babenhausen auch in der ARD in der Tagesschau zu sehen war ... allerdings ohne APE.

Ja, bis hier her war es schon eine aufregende Rückreise vom Africa Festival heim nach Isny. Ich konnte sehen, wie viel Eindruck das Erlebte auf Elke
machte. Auch sie sprach jetzt von den Anwohnern
dort in Babenhausen, sie fühlte mit ihnen.
Nicht zuletzt auch deswegen, weil ihr Haus direkt an einem Bach steht, der in den vergangenen
Jahren auch schon über die Ufer getreten war und
ihren Keller überschwemmt hatte. Es seit dieses
Rückhaltebecken vor ein paar Jahren gebaut worden war, schien sie sicher vor Hochwasser zu sein.

Der APE schien das alles nichts ausgemacht zu
haben - sie schnurrte wieder und machte Kilometer
um Kilometer … tak, tak, tak, tak …

Von Winterrieden über Boos, Niederrieden und
Heimertingen näherten wir uns Aitrach, von wo aus
wir über Lautrach wieder zurück nach Isny fahren
wollten.
Doch auch hier war die Iller über die Ufer getreten,
so dass wir diese Route nicht nehmen konnten.
Kurz vor Aitrach war die Straße gesperrt und ein
Schild leitete den Verkehr über die Autobahn Rich-
tung Aichstetten um.
Ich sah, wie Elke blass wurde: „Umleitung über die
Autobahn! - Du wirst doch nicht etwa …?"

Natürlich würde ich etwa …
Denn schließlich fuhr meine APE fünfundsechzig
Kilometer in der Stunde, das reichte aus, um auf
der Autobahn fahren zu dürfen.
Natürlich war ich auch nicht wirklich scharf drauf
mit meinem Gerät auf den Highway zu gehen. Aber
knapp dreißig Kilometer vor dem Ziel hatte ich
keine Lust eine riesigen Umweg zu fahren, denn
schließlich wollte ich endlich nach Hause.

Und schließlich waren es ja nur schlappe sieben Kilometer von Aitrach bis Aichstetten, wo wir die Autobahn wieder verlassen konnten.

„Elke, das sind nur sieben Kilometer und wenn wir mit fünfundsechzig Kilometer über die Autobahn jagen, dann sind wir in knapp sechseinhalb Minuten wieder runter. Ich versprech dir, ich überhole auch keinen!"

Sie fühlte sich sichtlich unwohl als ich auf den Autobahnzubringer einbog. Aber es war Sonntag morgens gegen halb acht Uhr. Da war der Verkehr auch noch nicht so groß und Lastwagen waren auch keine unterwegs. Das werden wir wohl schaffen.

Um es gleich vorauszuschicken, wir schafften es nicht innerhalb der angestrebten sechseinhalb Minuten. Gleich nach der Auffahrt stieg die Autobahn an, nicht sehr steil, aber stetig. Ich sah wie die Tachonadel von fünfzig Stundenkilometer kontinuierlich auf siebenunddreißig Stundenkilometer sank.

Ich entschloss mich auf dem Standstreifen weiter zu fahren. Nur gut, dass es sich hier um ein rotes, weitsichtbares Fahrzeug handelte. Außerdem hatte ich ja meine Rückwärtsfahrkamera, in der ich den rückwärtigen Verkehr beobachten konnte. Es kam tatsächlich bis jetzt nur ein einziges Auto an uns vorbei. Dann kam dieser blöde Porschefahrer.

Auf gleicher Höhe mit uns gab er noch einmal so richtig Gas, riß den Hahn noch mal so richtig auf, so dass es ihn von uns weg katapultierte.

Wir wurden in unserer roten APE einmal so richtig durchgeschüttelt.

Aber dann war auch schon die Ausfahrt nach Aichstetten zu sehen. Also fuhren wir die letzten dreißig Kilometer ganz gemütlich über Leutkirch und Friesenhofen heim nach Isny.

Unser erster Tag auf Texel

Ja, das ging ja schon mal super los. Wir waren danach jedoch ohne große Pausen zu machen nach zehn Stunden in Texel angekommen. Chris ließ es sich nicht nehmen, den ganzen Weg alleine zu fahren. Möglicherweise trieb es ihn auch förmlich dorthin?

Das war immerhin einmal quer durch Österreich und dann quer durch Deutschland. In Isny gestartet, über Stuttgart und Karlsruhe gefahren, Mainz und Frankfurt am Main links liegen gelassen, ebenso die Städte Bonn und Köln. Ein wenig später mal eben rechts hinüber gewunken so nach Essen und Gelsenkirchen, meiner Heimatstadt.

Dann bei Venlo über die Grenze in die Niederlande eingefahren. Vorbei an Eindhoven, Utrecht und Amsterdam nach Den Helder. Von dort aus mit der Fähre knappe 10 Minuten hinübergesetzt auf die Isny Texel.

Es mag wohl so gegen halb drei gewesen sein, als wir in unser Hotel eingecheckt hatten. Ein kleines Hotel, mitten im Ort Den Hoorn. Obwohl wir ein Doppelzimmer gemietet hatten, bekamen wir zunächst erst einmal nur einen Hotelschlüssel. Also ein Schlüssel war das ja nicht - nein heutzutage bekommt man so eine Chipkarte die einem jede Tür im Hotel öffnete. Dass sie uns nur eine dieser Karten gegeben hatten sollte sich in der folgenden Nacht noch sehr rächen.

Wir hatten ein Zimmer im ersten Stock und fanden es schon sehr ungewöhnlich, dass es keinen Aufzug gab. Nein, ganz im Gegenteil. Wir mußten eine sehr schmale, sehr steile Treppe hinaufsteigen um in unser Zimmer zu gelangen. Chris meinte nur dazu: „Hat sich in den letzten fünfzig Jahren wohl nichts geändert." Die Treppe war nicht nur schmal und steil, nein die Stufen waren auch so kurz, dass man lediglich mit dem Vorderfuß darauf gehen konnte. Manche sagen, dass so etwas sehr idyllisch ist, andere sagen, dass sie einfach nur schlecht zu begehen war und sehr viel Absturzpotential in sich barg. Dennoch, wir brachten unsere Koffer in das Zimmer und wollten uns zunächst einmal den Ort anschauen.

Den Hoorn ist ein kleines Städtchen mit 780 Einwohnern ganz im Süden von Texel. Das Künstlerdorf beeindruckt mit einer vielseitigen Kultur, einer farbenprächtigen Natur und einer unglaublichen Ruhe und Gelassenheit. Es bietet eine harmonische Kombination aus Ruhe, Natur und Kultur und läßt bei seinen Besuchern keine Langeweile aufkommen. (Wikipedia).

Der Schwerpunkt dieses Städtchens liegt also auf Ruhe und Gelassenheit. Beide Begriffe sollten an diesem Abend ihre Bedeutung verlieren und durch „Chris" ersetzt werden...

Wie gesagt, Chris hatte das Hotel so gewählt, dass es nicht weit von dem Anwesen entfernt war, wo seine Freundin damals gelebt hatte.

Chris fand es tatsächlich auf Anhieb wieder. Es schien zwar gepflegt zu sein, aber irgendwie unbewohnt. Wir konnten zumindest niemanden im Haus oder draußen ausmachen. Er traute sich zwar bis zur Eingangstüre, klingeln wollte er aber nicht.

Und so beschlossen wir ein Schälchen eines guten Bieres zu nehmen. Denn gut mußte es unbedingt sein, denn schließlich verlangten sie hier auf der Insel 6,75 Euro für 0,5 Liter.

Wir hatten den ganzen Tag über nichts gegessen und saßen nun hier gegen 18:00 Uhr in einem kleinen Straßencafé unweit von unserem Hotel entfernt. Obwohl es schon Nachsaison war, tummelten sich hier immer noch viele Urlauber. - Meist alte Leute zwar, aber hin und wieder auch mal ein paar jüngere, damit es etwas zum Gucken gab.

Ich bestellte gleich eines dieser Texel Biere, die mir von meinem letzten Besuch her noch in guter Erinnerung geblieben waren. Und es machte sich Urlaubslaune an unserem Tisch breit. Eigentlich gehörte es sich, dass man zur Feier des Tages ein Herrengedeck nehmen sollte. Also ließen wir uns einen Oude Genever zum Bier bringen.

So richtig wollte er mir nicht schmecken. Aber Chris meinte, dass es nach dem zweiten besser werden würde und bestellte gleich noch einen.

Und so saßen wir da, etwas müde von der Fahrt, hier und da mal nach einem hübschen Mädchen schauend, an diesem kleinen gemütlichen Tisch bei wunderbarem Wetter und tranken so vor uns hin, immer einen Oude Genever und ein Bier. Gegen neun Uhr wurde es dann etwas kühler und wir überlegten ins Lokal zu gehen. Dort gab man uns freundlich zu verstehen, dass um zehn hier Schluß

war und es sich nicht mehr wirklich lohnt den Platz
zu wechseln. Aber da gab es noch ein Lokal, gleich
um die Ecke, in dem noch länger ausgeschenkt
wurde. Obwohl ich schon einen mächtig in der
Krone hatte gab ich Chris nach und wir wechselten
das Lokal. Außerdem wollte er noch weiter recherchieren. Denn schließlich war der Ort hier ziemlich klein und das Restaurant nicht sehr weit von
besagtem Anwesen entfernt, so dass die Chancen
nicht schlecht standen, dass jemand seine Freundin von einst kannte. Das Restaurant wurde von
einem älteren Ehepaar betrieben. Der Wirt war sehr
überzeugt von sich selbst und redete und redete.
Außerdem wurden wir sofort darüber aufgeklärt,
dass dies hier das Restaurant auf Texel mit den
höchsten Bierpreisen sei. - Wie jetzt: noch teurer
als 6,75 Euro?
Chris erzählte uns an diesem Abend noch die Story,
wie er alle Zimmer für uns bei der niederländischen
Touristeninformation VVV Texel buchte und dort
für Verwirrung sorgte. Auf die Frage, ob wir Tiere
mitbringen würden, sagte er: "Ja, Pferde!" Das irri-
tierte die Dame sehr und sie meinte: "Wie Pferde?"
Erst als er nachfragte, ob die Zimmer denn so klein
wären, dass Pferde darin Platz hätten, verstand sie
den Scherz und buchte die Zimmer.
Ehrlich gesagt fand ich es nicht heraus, wieviel er
für sein Bier verlangte. Ich hatte genug getrunken
und verschwand ins Hotel. Chris zahlte die gesamte Zeche dort. Bevor ich jedoch ging, fragte Chris
noch das Ehepaar, ob sie seine damalige Freundin
kannten. Und tatsächlich kannten die beiden die
von uns gesuchte Frau. Doch zu Chris Entsetzen
erzählten sie auch, dass sie gerade gestern beerdigt
worden war. Sie sei ganz plötzlich gestorben, womit
niemand gerechnet hatte. Ich sah Chris an, wie er
förmlich in sich zusammengesunken war.

Chris bat mich ihn jetzt alleine zu lassen, er musste wohl seine Gedanken sortieren.

Der Schwerpunkt dieses Städtchens lagt also auf Ruhe und Gelassenheit. Mein Schwerpunkt zog mich Richtung Bett und so war ich auch sofort eingeschlafen als ich in das selbe fiel. Erledigt von der weiten Fahrt und angetrunken von dem ganzen Oude Genever und dem Bier fiel ich sofort in einen Tiefschlaf, der tiefer hätte nicht sein können.

Ich war zwar im Reich der Träume, kann mich aber nicht daran erinnern geträumt zu haben, wahrscheinlich war ich selbst dazu zu müde.

Irgendwann in tiefster Nacht polterte jemand gegen meine Zimmertür und verlangte herein gelassen zu werden. Ich hatte natürlich nicht daran gedacht, den einzigen Zimmerschlüssel den wir hatten irgendwo zu deponieren, wo ihn Chris finden konnte. Aber selbst wenn ich das gemacht hätte, war es eher unwahrscheinlich, dass er jemals das Versteck gefunden hätte. Er war ebenfalls etwas angetrunken, na ja etwas viel angetrunken. Das versuchte er am nächsten Tag damit zu erklären, dass er sonst keinen Alkohol trank und deshalb so schnell besoffen war! - Na ja, wer's glaubt ...

Er erzählte mir am nächsten Tag ... also so gegen Mittag ... , dass er zunächst einmal sehr sehr lange gebraucht hatte um zum Hotel zu gelangen. Zunächst mußte er wohl in die verkehrte Richtung gegangen sein. Da niemand anderes mehr unterwegs war hatte er keine Gelegenheit nach dem Weg zu fragen. Und dieser Weg war endlos weit, nicht zuletzt deshalb weil er die gesamte Breite der Straße ausnutzte. Er lernte wohl jedes Eck in dieser Straße kennen - auf beiden Straßenseiten, versteht sich.

Als er nun endlich das Hotel gefunden hatte mußte er feststellen, dass er weder seinen Auto- noch den Hotelschlüssel bei sich hatte. Er meinte nämlich,

dass er wohl im Auto geschlafen hätte, wenn er nicht ins Hotel gekommen wäre - kann sein, kann aber auch nicht sein. Wahrscheinlich hätte er in seinem Zustand sein Auto gar nicht gefunden. Sei's drum. So ganz obdachlos vor seinem teuren Hotel stehend mochte er es dann doch nicht einge- sehen, dass er draußen bleiben mußte.
In der ihm eigenen Gelassenheit und im Einfluß von Genever und Bier machte er sich jetzt so laut- stark bemerkbar, dass sämtliche Hotelgäste aus dem Bett fielen. Also nicht ganz „sämtliche" - ich nämlich nicht. Ich bekam von diesem ganzen Zin- nober nichts mit.
Dumm war auch, dass kein Hotelangestellter im Hotel wohnte. Eine ältere Frau, ebenfalls aus dem Schlaf geschreckt schaute wohl nur danach, ob die Hoteltür auch wirklich verschlossen war. Denn mit diesem Randalierer dort draußen wollte sie nichts zu tun haben. Sie kam natürlich nicht auf die Idee Chris hinein zulassen.
Ein anderer drohte die Polizei zu rufen um diesen Unhold dort draußen zur Ruhe zu bringen. Man konnte sich einfach nicht vorstellen, dass dieser aufgewühlte gutaussehende alte Herr hier ins Hotel gehörte.
Irgend jemand muß dann doch noch irgendwie den Hotelmanager erreicht haben. Zu Chrises Glück kam dieser vorbei und ließ ihn schließlich ins Hotel hinein. Aber nur ins Hotel, nicht in unser Hotelzim- mer. Chris mußte zudem alleine diese steile schma- le Treppe hinauf und polterte weiter gegen die Türe. Kennen sie das? Sie schlafen ganz fest und tief und im Traum scheint jemand in ganz ganz weiter Ferne nach ihnen zu rufen: „Laß mich rein, Jürgen, laß mich endlich rein!"
Und wachst du auf und wirst gewahr, dass da jemand gegen deine Zimmertür haut und immer

wieder und immer wieder dagegen haut und schreit: „Mach endlich diese verdammte Türe auf!" Und dann stehst du mit einer Gelassenheit auf, wahrnehmend dass das mit der Ruhe hier auf der Insel wohl doch nicht so ist, wie es im Reiseführer steht. Und du gehst mit verschlafenen Augen zur Tür um sie zu öffnen und um diesen vom langen Weg erschöpften Typen in dein Zimmer zu lassen. Und du drehst dich sobald die Türe auf ist einfach um, gehst zurück ins Bett und versuchst die Stelle des Traumes zu finden, an der du aufstehst um jemanden die Türe zu öffnen.

In dieser Nacht kam es zu keiner Diskussion mehr. Chris fiel erschöpft ins Bett und gab keinen Laut mehr von sich - er schnarchte nicht einmal, obwohl das leicht angetrunkene Menschen ja gerne mal tun. Ich schlief auch gleich wieder ein und war froh, dass ich so besonnen war und rechtzeitig den Absprung geschafft hatte. Ich war einfach nur der Seriöse.

Bei Wikipedia ist seither zu lesen:
Den Hoorn bot bisher eine harmonische Kombination aus Ruhe, Natur und Kultur. Aber seit ein gewisser Chris nächtens durch die Gemeinde zieht ist es damit vorbei. Obwohl sie, die Stadt, bei diesem einen Besucher keine Langeweile aufkommen ließ.

Als wir uns dann am anderen Morgen beim Frühstück blicken ließen, kam eine der Hotelangestellten an unseren Tisch und legte wortlos einen zweiten Zimmerschlüssel darauf. Ach wie nett die doch hier sind, dachte ich mir. Die anderen Gäste versuchten irgendwie zu grüßen, denn schließlich kannte man sich ja von der letzten Nacht her. Eine ältere Dame am Nebentisch konnte sich aber die Bemerkung "Na gut geschlafen?" nicht verkneifen.

Gezeichnet von Bier und Oude Genever und von der unerwarteten Nachricht, dass die Frau, bei der er sich entschuldigen wollte verstorben war, saß er da nun neben mir am Frühstückstisch.

Ich hätte doch früher kommen sollen, warf er sich selbst vor. Aber so ist es nun einmal im Leben. Gewisse Dinge schiebt man vor sich her, bis zu dem Zeitpunkt, an dem es dann zu spät ist.

Die ganze lange Reise umsonst gemacht. Gleich am ersten Tag erfahren, dass das gewünschte Ziel nicht mehr zu erreichen war. Da konnte ich ihn schon verstehen, dass er sich gestern dermaßen die Hukke vollgesoffen hatte, dass er schier den Weg ins Hotel nicht mehr zurück fand. Vielleicht wollte er heute Nachmittag am Grab vorbei gehen, aber was nützte ihm das jetzt noch.

In seinem Schmerz erzählte er mir dann, dass er immer wieder Pech mit Frauen hatte. Irgendwie läuft immer was schief. Er sei noch nicht wirklich dahinter gekommen, ob es nur an ihm lag.

Aber er konnte einfach nicht von ihnen lassen. Und weiter erzählte er mir, dass er in dieser Beziehung die Sozialen Medien für sich nutzte.

Und dass er auch hier auf Texel übers Internet ein Date mit einer Frau ausgemacht hätte. Denn schließlich sei er ja im Urlaub und wolle seinen Spaß.

Von dem wollte er sich offensichtlich auch nach der schlechten Nachricht von gestern nicht ablassen. Er wollte sich heute Nachmittag in De Cocksdorp mit ihr treffen.

Nach knapp zwei Stunden war er aus De Cocksdorp wieder zurück. In dem Café in dem er sich mit ihr treffen wollte, war nur eine sehr alte Dame gesessen, die zwar immer zu ihm herüber geschaut hatte, aber nicht die Frau seiner Verabredung.

Texel

Texel ist die größte Watteninsel der Niederlande.
Sie gehört zu den westfriesischen Inseln in der
Nordsee und ist rund 8 km breit und 20 km lang.
Der rund 30 Kilometer lange Strand lädt zu ausgie-
bigen Spaziergängen ein.

Leuchtturm Eierland

Am 25. Juli 1863
wurde der Grundstein
des Leuchtturms auf
einer rund 20 Meter
hohen Düne gelegt.
In Betrieb genommen
wurde der rot gestri-
chene Turm am
1. November 1864.
Während des Auf-
standes der Georgier
im Jahr 1945 wurde
der Turm schwer be-
schädigt, so dass er
in der Folge erheb-
lich saniert werden
mußte. 1977 erhielt
der Turm schließlich
eine rote Kunststoff-
Beschichtung.

Der Hauptort und das Verwaltungszentrum der Insel ist Den Burg. Er ist der Sitz des Gemeinderates
von Texel. In Den Burg wohnen fast die Hälfte der
Inselbevölkerung, rund 7.600 Einwohner.
„Texel" wird auf Niederländisch Tessel gesprochen.
Die als eigenwillig geltenden Inselbewohner nennen
sich Tesselaar.

Jedes der Dörfer von
Texel hat seinen ganz
eigenen Charme und
seine Besonderheiten.

Die **sieben Dörfer
von Texel** heißen:

De Koog,
De Waal,
Den Burg,
Den Hoorn,
Oudeschild,
Oosterend
und
De Cocksdorp.

Oosterend gilt als das schönste Dorf auf Texel.
Dieser idyllische Ort bietet eine harmonische
Mischung aus malerischen Straßen, alten Bau-
ernhöfen und wunderschönen Ausblicken auf die
Landschaft.

In De Koog ist immer was geboten, darum sind
hier im Sommer auch die meisten Gäste. Das Dorf
trennt nur eine Dünenreihe von Strand und Meer
und das macht De Koog zu einem Paradies für
Strandliebhaber.

Außerdem ist die Insel nicht nur wegen der reich-
haltigen Tier- und Pflanzenwelt ein beliebtes Touris-
musziel. Sie ist ein Paradies für Fahrradfahrer.

Jährlich werden mehr als eine Million Besucher auf
Texel gezählt.
Auf Texel selbst leben ca. 14.000 Einwohner.

Vier Besucher

Unter den rund eine Million Besuchern waren in der ersten September-Woche 2024 vier ganz besondere. Es war nämlich so, dass Chris nicht nur seiner Liebe wegen nach Texel gefahren war. Er hatte sich in den zurückliegenden Jahren immer einmal im Jahr mit ehemaligen Geschäftspartner getroffen. Das letzte dieser Treffen fand im Jahre 2019 statt. Dann kam Corona und danach lief nichts mehr so richtig zusammen. So dass es wirklich schon fünf Jahre her war, da sie sich das letzte mal trafen. Und da die beiden aus dem Ruhrgebiet waren, also einen Katzensprung von Texel entfernt, bot es sich geradezu an, sie auf die Insel zu bestellen. Die beiden wollten mit dem Zug anreisen und dann die Fähre hinüber auf die Insel nehmen. Die Anreise stand für Montag auf dem Programm. Und da sie ohne Fahrzeug unterwegs waren, war es unsere Aufgabe sie von der Fähre abzuholen.

Bei unserer gestrigen Ankunft auf der Insel monierte Chris, dass ich ihm keinen Begrüßungsschnaps kredenzt hatte. Auch hatte ich das Begrüßungsschild „Willkommen auf Texel" an der Hafenausfahrt übersehen, bzw. nicht fotografiert. Ich wollte mir kein zweites Mal nachsagen, dass ich so gar keine Romantik in mir hatte und auch den Sinn fürs Sinnliche vermissen ließ. Deshalb machte ich mich vor unserer Abfahrt noch schnell auf den Weg, um im Kaufmarkt Lidl ein paar kleine Flaschen Jägermeister zu holen. Doch ich konnte keinen finden. Als ich einen Marktangestellten nach dem Schnaps fragte, sagte er mir, dass es keine Getränke mit hohem Alkoholgehalt zu kaufen gab. Erst jetzt fiel mir tatsächlich auf, dass es keine Regale mit Schnaps gab. Also mußte ich unverrichteter Dinge von dannen schleichen. So ein Scheiß dachte ich. Aber wenn wir die beiden von der Fähre abgeholt hätten, würde ich ganz sicher das Begrüßungsschild fotografieren.

Chris sagte mir in Bezug auf seine beiden Freunde, dass einer der beiden etwas gehbehindert sei und es deshalb kein Problem war die beiden unter all den anderen Fußgängern herauszufinden, die von der Fähre kamen. Also fuhren wir los um sie abzuholen. Irgendwie jedoch gab es keine wirkliche Möglichkeit mit dem Auto so an die Fähreanlegestelle zu fahren dass man Fußgänger dort abholen konnte. Wir fuhren deshalb in eine Straße ein, die offiziell nicht für den normalen Verkehr zugelassen war. Aber schließlich hatten wir einen Grund so nah wie möglich an die Fähre zu fahren, denn es gab dort diesen Gehbehinderten. Ganz bestimmt hatte er seinen Behindertenausweis dabei, so dass uns keine Sanktionen erwarteten. Als uns jedoch ein Bus anhupte merkten wir, dass wir in der Zufahrtstraße für Busse standen, die Touristen zur Fähre brachten, die ohne Fahrzeug hier waren. Chris versuchte das Auto irgendwie aus der Busschußlinie zu bekommen, derweil ich an der Anlegestelle stand, um die beiden anderen Besucher in Empfang zu nehmen. Am Ende war es so, dass wir auf der falschen Seite standen.

Die Fähre legte an und ließ sämtliche Fahrzeuge von Bord. Fußgänger und Radfahrer verließen ebenfalls die Fähre. Und dann, dann sah ich die beiden. Sie kamen diese lange Treppe von der Fähre hinunter - und sie waren genau auf der anderen Seite. Andere Seite bedeutete in diesem Fall, dass zunächst alle Autos die Fähre verlassen konnten. Alle Autos! Und unsere zwei Neuankömmlinge mußten solange warten, bis alle - wirklich alle

- Autos von der Fähre waren, bis sie dann endlich zu uns hinüber kommen konnten.

Und dann kamen sie - sie kamen - sie kamen sehr langsam zu uns hinüber, weil einer von ihnen diese Gehbehinderung hatte. Chris war immernoch damit beschäftigt den Bussen auszuweichen. Ab und zu hörten wir, dass ein Bus ziemlich laut hupte, um seinen Platz erreichen zu können.

Und nun, als die beiden endlich bei uns waren, warfen wir schnell ihre Koffer in den Kofferraum und verfrachteten sie ins Auto. Chris, das war der Gehbehinderte, durfte natürlich vorne sitzen. Manfred und ich nahmen auf dem Rücksitz Platz.

Irgendwie fanden wir dann den Weg zwischen all den Bussen hindurch, hinaus auf die Straße. Leider war auch das nicht die richtige Straße, an der das Begrüßungsschild stand. Wir sahen es in etwa einhundert Metern Entfernung. Also wurde es wieder nichts mit dem Foto. So ein Mist aber auch - kein Begrüßungsschnaps und kein Begrüßungsfoto.

Es sollte einfach nicht sein. Und so blieb der Vorwurf an mir haften, dass ich weder romantisch war, noch den Sinn fürs Sinnliche hatte. Eine Bürde mit der ich schier nicht fertig wurde.

Chris, also mein Chris, meinte noch eine Abkürzung nach Den Hoorn zu kennen - aber die war wohl in den letzten fünfzig Jahren verschwunden. Also fuhren wir ein wenig in den Dünen spazieren, manchmal auf Straßen die eher einem Radweg gleich kamen. Wir nahmen es gelassen und die beiden Neuankömmlinge genossen die Aussicht und erfreuten sich daran. Irgendwann kamen wir dann doch noch in Den Hoorn an. Die beiden checkten kurz im Hotel ein. Auch sie hatten ein Doppelzimmer und auch sie bekamen zunächst nur einen Schlüssel. Das sollte später noch ganz schreckliche Folgen haben. Aber das Hotelpersonal hatte wohl nichts aus dem nächtlichen Theater gelernt, was ihnen Chris in der Nacht zuvor geboten hatte. Es blieb zunächst bei dem einen Schlüssel. Außerdem hatte man für die beiden im ersten Stock ein Zimmer hergerichtet, obwohl Chris unbedingt ein Zimmer im Erdgeschoß haben wollte - er wußte ja, dass sein Freund gleichen Namens gehbehindert war. Der allerdings versuchte seine Gehbehinderung so gut es eben ging zu verbergen - mal ganz abgesehen davon, sie war nicht zu verbergen - und mühte sich mit aller Kraft, die er aufbringen konnte, diese schmale, steile Treppe hinauf. Die beiden waren mit den öffentlichen Verkehrsmitteln fast fünf Stunden unterwegs gewesen.

Sie waren zuvor auch noch nie auf der Insel, so dass sie gerne noch eine kleine Rundfahrt mit dem Auto machen wollten, um einen kleinen Einblick zu bekommen. Zunächst wollten sie sich kurz ausruhen, denn sie waren ja auch schon fünfundachtzig und sechsundsiebzig Jahre alt. Da mein Freund Chris auch schon zweiundsiebzig* war, war ich mit meinen läppischen neunundsechzig das Küken in der Runde dieser ergrauten Kampfhähne.

Manfred sah allerdings für seine fünfundachtzig noch sehr rüstig aus. Er schien auch sonst noch gut beieinander zu sein - er sprach sehr klar, so wie es zum Beispiel Bremer tun und war von großer Gestalt.

Chris schien sich von seiner Behinderung nicht runterziehen zu lassen. Er trat sehr selbstbewußt auf und hatte eine große Nordrhein westfälische Schnauze.

Die beiden gefielen mir, nicht zuletzt deshalb weil sie ja quasi aus meiner Heimat stammten.

Irgendwie dachte ich, dass kann ja lustig werden mit den dreien - also lustig war es ja schon heute Nacht mit meinem Chris gewesen.

Folk im Allgäu in Uttenhofen

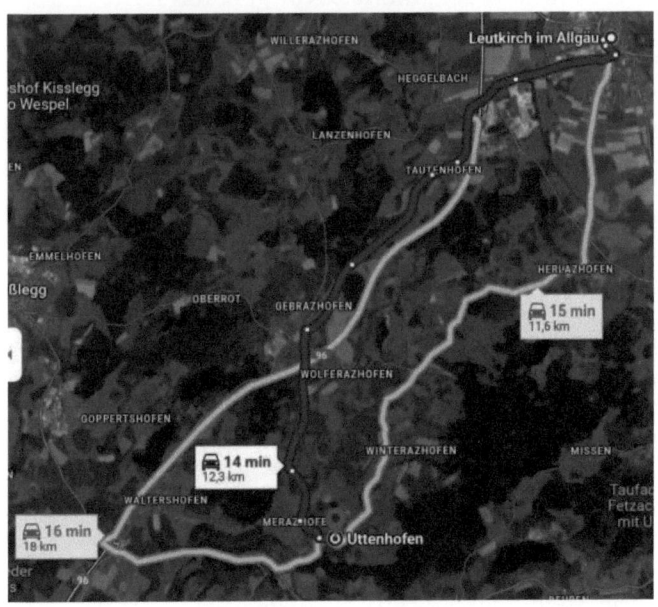

Postleit- zahl	Einwohner	Breiten- grad	Längen- grad
88299	69	47,7532°	9,95827°

Uttenhofen ist ein Stadtteil des Ortes Leutkirch
im Allgäu in Baden-Württemberg. Und es liegt nur
knapp fünfzehn Kilometer von Isny im Allgäu entfernt auf einer großen Wiese. Es ist mit der APE in
knapp einer halben Stunde zu erreichen und zeich-
net sich dadurch aus, dass dort einmal im Jahr das
sogenannte „Folk im Allgäu" Festival stattfindet.
Das ist ein kleines schnuckeliges Festival auf der
grünen Wiese und es erfreut sich auch bei jungen
Familien mit ihren Kindern großer Beliebtheit.
Und wenn man, aus dieser Gegend hier kommt,
dann ist es sehr familiär. Man kennt sich halt!

Und wenn man irische Folkmusik mag, ist man hier genau richtig.
An zwei Abenden gaben sechs Bands ihr bestes.

Freitag		
Gatehouse	Dhalia's Lane	The Clan
Samstag		
Make Plain	Larun	Uncle Bard & The Dirty Bastards

In den Umbaupausen erfreuten **Dudelsackspieler** die Gäste in den Zelten: Whisky-Master Andy mit seinen Freunden, den Pipes & Drums aus Bad Waldsee

Und am Samstag Mittag fanden die traditionellen **Highlandgames** statt. Dabei ging es dann um Baumstamm- oder Gummistiefelwerfen
... oder so was ähnliches!

Und es kommen immerhin zehn mal so viele Festivalbesucher, wie es Einwohner in Uttenhofen gibt.

Unser zweiter Tag auf Texel

Also das heutige Frühstück war eher so ein Spieß-
rutenlauf. Alle, aber auch wirklich alle der anderen
Hotelgäste schauten etwas komisch auf uns. Dabei
hatte **ich** das gar nicht verdient. Denn schließlich
war ich gestern Abend zu einer durchaus christli-
chen Zeit im Bett. Dass ich so tief und fest geschlafen hatte, dass man mich hätte klauen können,
das konnte man mir wirklich nicht zum Vorwurf
machen.

Dem Chris natürlich schon, der war ja nicht sehr
rücksichtsvoll ins Hotel zurückgekehrt. Aber auch
diese etwas unangenehme Situation brachten wir
hinter uns. Und was trotz allem dann doch noch
sehr schön war, war die Tatsache, dass wir jetzt
jeder unseren eigenen Schlüssel hatten.

Chris erzählte mir dann noch, dass seine Verabredung von gestern sich bei ihm gemeldet hatte. Sie
sagte, dass er nicht ihr Typ sei. Sie sei gestern in
dem Café gesessen und hätte ihn beobachtet, Er
machte wohl eine etwas versoffenen Eindruck, außerdem erschien er ihr sehr ungeduldig. Und auf so
etwas hätte sie keine Lust.

Chris hatte ihr zurück geschrieben, dass außer
einer alten grauen Schrapnelle niemand im Lokal gewesen wäre. Also konnte sie ihn gar nicht
beobachtet haben, da von der erwarteten jungen
hübschen Frau weit und breit nichts zu sehen war.
Kaum hatte er mir das berichtet, stürmte eine alte
graue Schrapnelle in den Speisesaal. Sie holte mir
ihrer Handtasche aus und traf Chris mitten auf
die Nase, so dass das Blut gleich über den ganzen
Tisch spritzte.

Was glaubst du denn, du daher gelaufener Österrei-
cher, glaubst du wirklich ich lasse mich von dir als
alte graue Schrapnelle beschimpfen? Und das nur,

weil ich ein Bild von mir von vor dreißig Jahren auf meiner Plattform habe!

Noch bevor sie ein zweites Mal ausholen konnte, war der Hotelmanager zur Stelle. Er hielt ihre Hand zurück und begleitete sie rasch aus dem Hotel.

Mit den Worten „Schon wieder die", kam er an unseren Tisch zurück. Dann erkundigte er sich nach der Verletzung von Chris. Der hatte schon einige Taschentücher durchblutet, aber es schien als ob die Blutung so langsam aufhören wollte.

Ah, es geht ihnen schon besser, aber sie werden nicht um einen kleinen Obolus herumkommen, wegen der Reinigung der Tischdecke.

Nach diesem Scheck machten wir uns nach Eierland auf, um den Leuchtturm zu besichtigen.

Zu unserer Ablenkung trug ein kleiner Felsbrocken bei, der mich auf eine ganz andere Idee brachte. Ich wollte meiner Freundin eine Freude machen.

Weiter unten am Strand, da wo der Leuchtturm stand, fanden wir am Wegesrand einen Felsbrocken auf dem „Love Rock" stand. Man wurde aufgefordert den Namen seines Liebsten darauf zu schreiben. Für mich war natürlich sofort klar, dass der Name meiner Freundin Elke darauf zu schreiben war.

Chris hatte tatsächlich niemanden, dessen Namen er auf den Stein schreiben wollte. Er hatte ja immer wieder Pech mit den Frauen und dazu heute auch noch eine blutrote Nase.

Mit dieser Aktion konnte ich aber beweisen, dass ich feinfühlig war und auch den Sinn fürs Sinnliche hatte. Denn kurz nachdem ich meiner Elke das Bild über What's App schicke kam ihre Antwort: „Oh, danke, mein Schatz. Ich finde das herzallerliebst. Außerdem sitze ich hier gerade mit meinen Freundinnen beim Kaffeetrinken, die finden das sehr goldig. - Du bist wunderbar!"

Verziert war die Nachricht natürlich noch mit etlichen Herzchen und Küsschen. So war sie eben, meine Elke. Nur zu gerne ließ sie sich auf meine Spinnereien ein und fand manche davon auch noch wunderbar.

Chris fand es schön, dass ich ganz offenbar eine tolle Partnerin gefunden hatte. Er beneidete mich da schon ein wenig.

Der Rückweg nach Den Hoorn führte uns über De Koog. Hier hatte ich meine letzten Urlaub auf Texel verbracht. Wir ließen das Auto in der Stadt stehen und machten einen kleinen Spaziergang über die Dünen zum Paal 17.

Das mit dem Paal 17 hat folgendes auf sich: Entlang des langen Strandes standen in unregelmäßigen Abständen Pfähle die durchnummeriert waren. An manchen dieser Pfähle standen Restaurant. Am Paal 17 stand das wohl meist besuchte Restaurant auf Texel. Denn hier in De Koog waren die meisten Besucher im Sommer unterwegs. Und die meisten dieser Besucher waren Strandliebhaber. Also besuchten sie den Strand am Paal 17 und kehrten dort auch ein. Danach kehrten wir zurück zum Hotel, wo wir einen kurzen Mittagsschlaf machten, denn wir mußten die beiden Freunde von Chris nachher von der Fähre abholen.

Als das geschehen war und die beiden sich auch

kurz ausgeruht hatten, fuhren wir noch einmal mit dem Auto quer über die Insel, damit die beiden einen kleinen Eindruck von Texel bekamen.

Danach ging es sofort wieder in das kleine Café, welches nicht weit von unserem Hotel zu finden war. Die beiden hatten den ganzen Tag über nicht sehr viel gegessen und meinten auch, dass sie nichts mehr zu essen haben wollten. Nein, so ein kleines Bier zur Feier des Tages und als Begrüßungstrunk wären gerade recht. - Und einen kleinen Schnaps vielleicht dazu, nur so, so als Herrengedeck. Also gab es gleich mal zur Begrüßung einen Oude Genever zum Bier dazu.

Ich kannte die beiden bisher noch nicht. Es waren Freunde von Chris, mit denen er sich jedes Jahr einmal zu einem Ausflug in einer anderen Stadt traf. Natürlich schwelgten sie in alten Erinnerungen und unterhielten sich von früheren Treffen. Da war ich wohl ein wenig draußen vor und empfand mich ein wenig als fünftes Rad am Wagen.

Am Rande ihrer Gespräche klärte mich Chris über seine Krankheit auf, deren Namen ich schon wieder vergessen habe. Ich meine er sprach von einer Ataxie.

Vom griechischen Wort „a-taxia" für „fehlende Ordnung" leitet sich der Begriff „Ataxie" ab. Eine Reihe von seltenen Erkrankungen des Gehirns und Rückenmarks bezeichnet man als Ataxien. Bei einer Ataxie ist das Zusammenspiel verschiedener Muskelgruppen gestört. Dadurch leiden die Bewegungskoordination und das Gleichgewicht.

Also bei ihm bedeutete dies, dass er sehr im Bewegungsablauf gestört war. Er mußte seinen Beinen quasi ständig den Befehl selbst geben, dass sich das rechte oder linke Bein nach vorne bewegen sollte. Das war natürlich eine ziemlich anstrengende Sache und erforderte höchste Konzentration.

Wenn er nun Alkohol zu sich nahm, war es ihm eigentlich unmöglich diese Befehle zu geben, weil es ihm dann noch stärker an der Bewegungskoordination fehlte. Aber das schien ihm an diesem Abend nicht zu stören.

Die drei redeten sich in einen Rausch aus alten Erinnerungen. Und natürlich redeten sie darüber, was für tolle Hechte sie früher einmal waren und darüber wieviele Frauen sie abgeschleppt hatten und, und, und...

Wie im Fluge verging die Zeit. Gegen halb zehn wurde das Personal in dem kleinen Café wieder etwas unruhig. Sie wollten bald schließen und mußten Tische und Bänke noch aufräumen. Das war das Zeichen für uns zu gehen. Chris, also mein Chris meinte, dass wir noch in das andere Lokal, hier gleich um die Ecke, gehen könnten, dort war noch länger auf.

Der andere Chris hingegen gab uns zu erkennen, dass er nicht mehr fähig war selbst zu laufen. Also nahmen Manfred und mein Chris ihn in ihre Mitte, packten ihn unter den Armen und versuchten ihn Richtung Lokal zu bringen. Verdammt noch mal war dieser kleine Kerl schwer. Sie hatten echt Mühe ihn in der Senkrechten zu halten. Sie schafften dann auch gerade mal zwanzig Meter, als Chris meinte, dass es wohl sinnvoller wäre ihn ins Hotel zu bringen. Den Weg zu dem nächsten Lokal würde er eh nicht mehr schaffen - und betrunken sei er ja sowieso schon.

Also machten wir kehrt und schoben ihn Richtung Hotel, obwohl mein Chris noch gerne in ein anders Lokal gegangen wäre. Aber im Anblick dieses Dreierpacks erschien es auch ihm eine gute Idee zu sein, einfach mal ins Hotel zurück zu gehen. Und im übrigen konnte man auch an der Hotelbar noch ein Bier bekommen.

Endlich im Hotel angekommen orientierten wir uns
sofort Richtung Hausbar. Die Bedienung verweiger-
te uns jedoch noch ein Bier zu trinken: „Entschuldigung, aber mindestens einer von euch vieren
ist so betrunken, dass er nicht mehr laufen kann
- und deshalb bekommen ihr alle vier kein Bier
mehr!" Oh, das war bitter. Aber das konnten wir
natürlich nicht auf uns sitzen lassen. Wir erklärten
ihr, dass Chris nicht betrunken sei - und deshalb
nicht mehr laufen könne. Er zeigte ihr auch gleich
seinen Schwerbehindertenausweis, um zu belegen,
dass er nicht betrunken, sondern krank war.
Das junge Mädchen schien mit dieser Situation
überfordert zu sein. Sie holte sich bei ihrem Chef
Verstärkung und bat deshalb den Hotelmanager zu
kommen.
Wir konnten ihn tatsächlich davon überzeugen, das
Chris gehbehindert war und natürlich weder Oude
Genever noch Bier getrunken hatte. Also schenkte
er uns noch ein paar Biere ein.
Bei dieser Gelegenheit machte mein Chris den
Hotelmanager noch darauf aufmerksam, dass er
eigentlich ein Zimmer im Erdgeschoß für die beiden
anderen gebucht hatte. Aber leider mußten sie ein
Zimmer im ersten Stock beziehen und nun wäre es
uns schier unmöglich den gehbehinderten Chris die
steile und schmale Treppe hinauf zu bringen.
Auch das sah er ein und ließ noch schnell ein Zimmer, ein Einzelzimmer, weil gerade kein anderes
mehr frei war, im Erdgeschoß für Chris herrichten.
Das war natürlich eine äußerst freundliche Geste.
Wir konnten noch so lange an der Hausbar unsere Biere trinken, bis das Zimmer fertig war. Gegen
halb elf war dann auch hier Feierabend und wir
brachten Chris in sein neues Zimmer und verabschiedeten uns von einander um auf unsere Zimmer im ersten Stock zu gehen. Dann war Ruhe.

Allgäu goes Wacken

In diesem Jahr war es das erste Mal, dass ich es getan habe: Ich bin in Wacken gewesen ...

... und mit mir fünfundachtzigtausend andere.

Einmal im Leben muß man doch in Wacken gewesen sein - einmal Wacken und dann sterben! Na gut, das mit dem Sterben muß man ja dann nicht so ganz erst nehmen, obwohl man ja schon in die Jahre gekommen ist und auch das passieren kann.

Also fanden sich zehn Allgäuer zusammen, die im nächsten Jahr nach Wacken fahren wollten.
An diesem Sonntag Abend war es sehr sehr spannend. Der Vorverkauf für dieses größte Heavy Metal Festival der Welt sollte in einer viertel Stunde beginnen. Man wußte aus den vergangenen Jahren, das die Karten innerhalb von ein paar Stunden ausverkauft sein würden - fünfundachtzigtausend Karten gingen an diesem Abend innerhalb von

viereinhalb Stunden über den Tisch.

Man mußte also schnell sein - und es gab maximal fünf Karten pro Anrufer zu erwerben. Das hieß für uns, dass wir mindestens mit zwei Leuten durchkommen mußten, um an unsere zehn Karten zu kommen. Wir suchten alle Computer, die wir finden konnten zusammen und meldeten uns mit fünf Mann beim Vorverkauf an. Dort wurden Nummern mit Wartezeiten verteilt. Und tatsächlich sollte es funktionieren. Innerhalb von einer Stunde wurden zwei von unsern Nummern aufgerufen und wir hatten unsere zehn Karten sicher - tolles Ding!

Einige Tage später mußten wir uns noch einmal mit dem Veranstalter in Verbindung setzen. Nun ging es darum, mit wieviel Autos wir anreisen wollten und ob wir noch andere Unterkünfte buchen wollten.

Elkes Schwester Silvia und deren Mann Peter, die nicht so für Camping waren, buchten sich eine Holzhütte auf dem Festivalgelände.

Für schlappe zweitausendundsiebenhundert Euro konnte man sich da so einen kleinen Bungalow mieten. Der Eintrittspreis fürs Festival war in diesem Preis nicht enthalten und belief sich auf weitere dreihundertunddreiunddreißig Euro pro Person. Na gut,wenn man es sich leisten kann?

Die anderen acht, Elkes Sohn Lucas, Silvia und Peters Söhne Philipp, Christof und Andreas, sowie Elke und ich waren sich einig, dass sie Campen wollten. Auch Funda und Stephan, den wir noch

Andreas

nicht kannten, waren
fürs Camping.
Und so meldeten wir
drei Autos auf dem
Campingplatz an.
Und dann, dann hieß
es noch ein Jahr lang
warten, bis das große
Event stattfinden
sollte. Und so fieber-
ten die zehn **wacke-
ren** Schwaben dem
Festival entgegen.

Christof

Elke

Funda

Jürgen

Lucas

Peter

Das Festival sollte
von Mittwoch dem
31.07. bis Samstag
dem 03.08.2024
stattfinden.
Das Jahr war ruck-
zuck rum, denn man
hatte ja noch etliche
kleinere Festivals zu
besuchen.
Aber **Wacken**, das
sollte dann schon et-
was ganz besonderes
werden.

Philipp

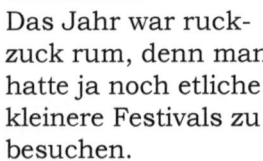

Silvia

Stephan

Das diesjährige Festival sollte zunächst einmal mit einem Schrecken beginnen.

Brand in Wacken

Am Abend vor der eigentlichen Eröffnung geriet ein Verkaufszelt in Brand. Das Feuer griff auf weitere Zelte und zwei Fahrzeuge über. Dabei wurden drei Menschen leicht verletzt. Die Feuerwehr konnte die Flammen schnell löschen. Die Brandursache ist ungeklärt.
Den Brand hatten wir nicht mitbekommen.

Zu dieser Zeit waren Elke und ich noch in Recklinghausen, wo wir meine Schwester besuchten.
Wir waren mit meinem Dacia unterwegs. Ursprünglich dachten wir daran mit der APE nach Wacken zu kommen, das wäre sicherlich witzig gewesen. Doch leider war die Anreise zu lang. Wenn wir die Autobahn vermieden hätten, wären es neunhundert Kilometer für uns zu fahren gewesen. Neunhundert Kilometer bedeutete eine reine Fahrzeit von dreißig Stunden. Das wäre uns bei aller Liebe zum Objekt zu viel gewesen. Der Transport mit dem Autozug würde auch zu viel kosten. Also entschlossen wir uns alles aus der APE herauszunehmen und in den Dacia zu werfen. Das war natürlich wieder ein Rumgepacke vom Feinsten.

 In der APE hatten wir die Sachen alle schön sortiert im Regal stehen, aber hier im Dacia lag alles durcheinander. Wir mußten halt ein wenig länger suchen, bis wir alles fanden.

Wir starteten dann am Mittwoch Morgen von Recklinghausen aus, um die anderen an einem MacDonalds in der Nähe von Itzehohe zu treffen.

Von Itzehohe aus, das ca. sechzig Kilometer nörd-
lich von Hamburg liegt, waren es dann noch knappe zwanzig Kilometer bis Wacken.
Wir legten die rund vierhundert Kilometer von
Recklinghausen bis Itzehoe in gut fünf Stunden
zurück, nur um Hamburg herum lief der Verkehr
nicht sehr gut, da wir durch eine riesige Baustelle
mußten. Die anderen waren etwa eine halbe Stunde
vor uns am ausgemachten Treffpunkt.

Ankunft in Wacken

Nach einer kurzen Pause ging es weiter nach Wak-
ken. In diesem Jahr hatten sie das Anfahrtssystem
geändert. Man konnte aus drei verschiedenen Rich-
tungen das Festivalgelände anfahren. Das klappte
sehr gut und wir mußten überhaupt nicht warten
als wir dort ankamen. Es wurden uns unsere Cam-
pingplätze zugewiesen. Beachtlich fand ich, dass sie
zwischen den Campern immer eine Gasse ließen,
wo man mit dem Auto im Notfall hätte raus fahren
können. Auch die eigentlichen Plätze waren relativ
großzügig bemessen. Das fand ich toll, weil ich
auch schon auf Festivals war, wo man mitten im
Pulk der anderen Camper stand und mit dem Her-
ausfahren so lange warten mußte bis das Festival
zu Ende war. Aber das hier war super!
Also begannen wir damit unsere Zelte und Pavillons
aufzubauen. Doch noch bevor alles am richtigen
Platz war, hatten die Jungen schon ihr dreißig Liter
Faß Meckatzer Bier angestochen - jetzt erst mal
einen Begrüßungstrunk. Das war natürlich sehr
wichtig und mußte so auch sein.
Dann erkundeten wir einmal kurz das Gelände
um uns herum und fanden, dass wir es nicht sehr
weit zu den Dixie-Toiletten und zum Waschwagen
hatten. Auch zum Infield, da wo die sieben Bühnen
standen, schien es nicht allzu weit zu sein.

Die jungen beschlossen dann zum Schwimmen in einem nahe gelegenen See zu gehen. Wir, wir alten, also Elke, Silvia, Peter und ich blieben vor dem Auto sitzen und tranken noch ein paar Bierchen aus der heimischen Brauerei.

Plötzlich kam ein Sanitätsauto in unsere Gasse gefahren, sie blieben zwei Zelte von uns entfernt und verschwanden mit der Trage hinter einen Wohnwagen der ca. zehn Meter von uns entfernt war. Nach einer Weile kamen sie wieder zurück und schoben die Trage in den Wagen. Darauf lag wohl ein junger Mann mit Dreadlocks.
Wir scherzten noch so rum: „Ach guck mal für den ist das Festival schon vorbei, noch bevor es überhaupt begonnen hatte. Wie kann man sich nur am hellen Tag so voll laufen lassen." Dann verschwand der Sanka wieder so, wie er gekommen war.
Zwischenzeitlich hatten wir unseren Aufbau fortgeführt und es war alles an seinem richtigen Platz.
Gegen achtzehn Uhr kamen die Jungen vom Baden zurück. Aber irgendwie fehlte einer.

Philipp hatte seinen Freund Stephan mit aufs
Festival gebracht. Einen ziemlich ruhigen, angeneh-
men jungen Mann mit Dreadlocks. Doch der fehlte
jetzt auf einmal. Wir fanden sein Handy neben dem
Bierfaß auf dem Tisch liegen, doch von ihm fehlte
jede Spur.

Wir vier alten sahen uns an und hatten wohl alle
den selben Verdacht. Der junge Mann, denn sie
vor ein paar Stunden hier abgeholt hatten, hatte
auch Dreadlocks. Elke sah auf ihrem Handy nach
und erkannte auf einem Foto, dass er grüne Hosen
anhatte, also genau so wie der, der da auf der Trage
lag. Schnell war klar, dass es sich um den Freund
von Philipp handeln mußte.

Das war ja ein Ding. Von den Wohnwagenbesitzern
erfuhren wir dann, dass Stephan sich wohl irgendwo mit Jägermeister abgeschossen hatte. Er wußte
nicht mehr seinen Namen und auch nicht mit wem
er hier in Wacken war - dass er aus Bayern war,
dass hatte er ihnen noch verraten.

Aber weil er nicht mehr im Stande war selbst zu
laufen und unbedingt aus der Sonne mußte, hatten
sie den Notarzt gerufen, die ihn ja dann bekanntlich mitgenommen hatten.

Nachdem jetzt klar war, dass es Stephan war,
machten wir uns zum Sanitätszelt auf, um nach
ihm zu fragen. Außerdem hatte er sein Handy nicht
dabei und würde auch den Weg zurück zu unserem
Platz nicht finden. Denn wir waren ja erst kurz vorher angekommen und bis hier her zum Sanitätszelt
war es schon ein gutes Stück zu laufen. Der Sani-
täter gab uns die Auskunft, dass er im Ausnüchterungszelt lag und sie uns Bescheid geben
würden, wenn wir ihn wieder abholen konnten. Philipp hinterlegte seine Telefonnummer
und wir gingen zurück zum Zelt.

Dann waren wir endlich bereit für Wacken.

Wir liefen eine Runde auf dem Gelände und fanden, dass es sehr sehr sehr groß war.

Vor dem Infield gab es noch etliche kleine Bühnen, wo immer irgend etwas los war. Zudem standen hier die vielen Buden wo man Speisen und Getränke bekam. Und die Verkaufsstände, solche wie eines davon am Dienstagabend abgebrannt war. Ich sagte zu Elke, dass wir unbedingt ein Wacken T-Shirt haben müssten. Sie hatte aber keine Lust sich in die lange Schlange einzureihen. Also tat ich das für uns und wartete geduldig, bis ich an der Reihe war. Ich kaufte zwei T-Shirts und eine Wacken Flagge, die ich später an meinem Auto festmachte.

Wacken ohne Wacken T-Shirt, das ging überhaupt nicht! Schließlich wollte man ja dazu gehören, zu dieser großen Familie von schwarz gekleideten Menschen! Elkes T-Shirt fiel etwas klein aus, sehr zu meiner Freude! Denn es betonte dadurch alles, was es zu betonen gab!

Entschuldigung, es gibt da ein Problem

Als wir am nächsten Morgen beim Frühstück
saßen kam die Hotelmanagerin auf uns zu: „Entschuldigung, es gibt da ein Problem." Sie bat uns
ihr in den Nebenraum zu folgen. Noch hatten wir
keine Ahnung, um was es sich handeln könnte.
Etwas ratlos sah ich in die Runde, aber die anderen
schienen auch nichts zu wissen. Einer wußte es natürlich schon, aber er hatte es wohl vergessen uns
davon in Kenntnis zu setzen. Chris, also der mit der
Gehbehinderung hatte uns nicht erzählt, dass er
sich gestern Abend verletzt hatte. Vielleicht wollte
er nicht zugeben, dass er möglicherweise gestürzt
war und sich dabei am Arm verletzt hatte. Nun war
die Sache die, dass er wegen seiner etlichen Krank-
heiten Blutverdünner nehmen mußte. Also, um
es kurz zu machen, er hatte das gesamte Zimmer,
samt Teppichboden voller Blut gemacht. Dass die
Wunde immer noch etwas blutete verschwieg er
uns auch.
Die Hotelmanagerin bestand darauf für diese au-
ßerordentliche Reinigung des Zimmers entschädigt
zu werden.
Wenn man sich das Zimmer ansah, dann waren
fünfzig Euro eher wenig, wenn man sah, dass der
Teppich nur mit entsprechenden Chemikalien zu
reinigen war.
Chris entschuldigte sich in aller Form für seinen
Fauxpas. Natürlich war er bereit den Betrag zu
bezahlen. Er gab von sich aus achtzig Euro. Als das
geklärt war, konnten wir unser Frühstück fortset-
zen. Doch eins gab es natürlich noch zu tun. Es
mußte die Wunde an seinem Arm versorgt werden.
Chris, also mein Chris wußte, dass ich während
meines Zivildienstes als Sanitätshelfer beschäftigt war. Also war es meine Aufgabe den Arm zu

verbinden. Mein Chris wollte nicht allzuviel Aufsehens deswegen machen. Er hatte in seinem Gepäck Verbandzeug und Betaisodona® Salbe. „Hau da einfach von der Salbe drauf und wickle die Binde drum rum! Das hilft bei offenen Wunden bei Pferden auch immer." Also machten wir das so. Ich war ganz erstaunt, dass ich noch so schöne Verbände machen konnte - nach all den Jahren. Denn es mochten wohl schon vierzig Jahre vergangen sein, als ich Zivildienst gemacht hatte. Trotzdem war Chris zufrieden und lobte mich mit den Worten: "Das hast du aber schön gemacht." Während des restlichen Frühstücks konnte ich ihn noch davon überzeugen, dass wir einen Rollator für ihn besorgen werden. Denn so konnte man ihn ja nicht auf Texel rumspringen lassen. Außerdem klagte er über Schmerzen in der Hüfte und gab kleinlaut zu, dass er zu Hause natürlich alle Hilfsmittel stehen hatte. Es gab nicht nur einen Rollator, sondern auch einen Rollstuhl. „Aber, ihr wißt ja, da ist das mit dem Schamgefühl!"
Die Hotelmanagerin war so freundlich und half mir dabei eine Einrichtung zu finden, wo man Rollatoren mieten konnte. Dann mußten die beiden noch einmal umziehen. Das Einzelzimmer war nicht ganz gereinigt und im übrigen hatten die beiden ja auch ein Doppelzimmer gebucht. Also richteten sie abermals ein neues Zimmer für Manfred und Chris im Erdgeschoß her. Und wieder gab es nur einen Zimmerschlüssel für die beiden. Eine Sache, die ich nicht verstand, war mir doch meines Chrises Auftritt von vor zwei Tagen noch in bester Erinnerung. Den Rollator konnten wir erst heute Nachmittag abholen. Trotzdem beschlossen die drei noch einmal eine Rundreise mit dem Auto durch Texel zu

machen. Ich klingte mich aus, da ich mir eh wie das fünfte Rad am Wagen vorkam.

Sie hatten sich immer noch viel aus ihrer früheren Zeit zu erzählen. Und ich dachte, wenn ich schon mal auf der Insel war, dann sollte ich etwas aktiv werden und die Insel genießen.

Also mietete ich mir ein Fahrrad im Hotel - ein E-Bike mußte es schon sein. Ich hatte noch zu gut meinen letzten Urlaub in Erinnerung als ich mit einem normalen Holland Fahrrad unterwegs war. Damals konnte ich in jede Richtung fahren - aber der Wind kam immer von vorne.

Die drei anderen machten sich nach Den Burg auf, wo es wohl eine Oldtimer Ausstellung gab.

Ich schwang mich aufs Fahrrad und radelte zunächst in Richtung Paal 9, wo ebenfalls ein nettes Lokal war. Es war sehr angenehm durch diese ruhige Natur zu Radeln. Ich genoß es richtig, nicht zuletzt in dem Bewußtsein, dass keine Menschen in meiner Nähe waren, denen so ganz dumme Sachen passierten.

Paal 9 war zu dieser Zeit nicht mehr so wirklich gut besucht, aber man konnte hier die Seele baumeln lassen, denn man sah nur das Meer und diesen kilometerlangen Sandstrand.

Texel eine schöne Insel mit sehr vielen Möglichkeiten etwas zu erleben und um stressfrei seine Tage zu genießen. Man mußte einfach nur wollen!

Ja, Texel hatte einiges zu bieten

Mit diesem E-Bikes fiel es mir nicht schwer einige
Kilometer zu fahren. Ich machte eine kleine Rundreise zunächst von Den Hoorn aus zum Paal 9.

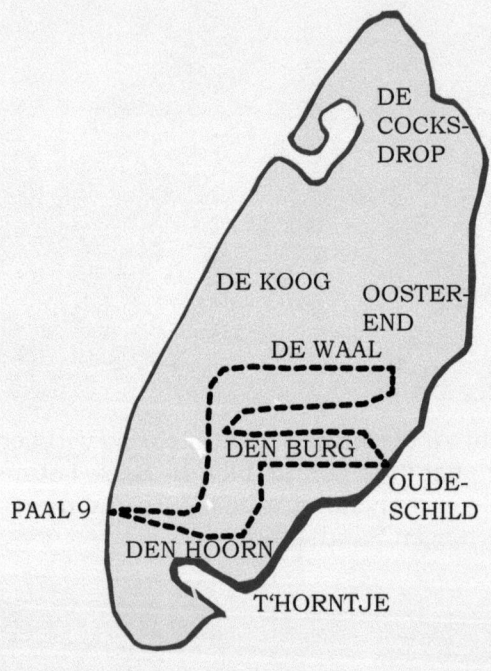

Dort setzte ich mich ein wenig hin und schaute auf
das Meer hinaus, als sich plötzlich ein etwas jünge-
rer Mann als ich es war, zu mir gesellte.
Etwas schüchtern, aber in einem netten schwei-
zerdeutsch fragte er mich, ob ich vielleicht Jürgen
heiße.
Das kam mir irgendwie spanisch vor, obwohl er
ja aus der Schweiz kam, denn ich war mir sicher,
dass ich diesen Menschen noch nie zuvor gesehen
hatte. „Äh, ja, ich heiße tatsächlich Jürgen, Aber

woher kennst du meinen Namen?" „Nun", sagte er,
"Ich bin mir nicht ganz sicher, aber kann es sein,
dass du auf TikTok unterwegs bist?"
Ja, auf TikTok war ich wirklich präsent. Elke meine
Freundin hatte dort ihre Spielwiese entdeckt. Ständig postete sie irgendwelche Filme. Nein, irgendwelche Filme waren es nicht. Es ging dabei immer
um meine APE mit der wir im Sommer sehr viel
unterwegs waren.

Das war ja echt der Hammer. Hatte mich dieser
Mensch tatsächlich wiedererkannt. Er sagte, dass
er uns schon eine ganze Weile folgte und unsere
Beiträge echt witzig fand. Außerdem würden wir
beide, also Elke und ich, immer so positiv rüber-
kommen - so ganz ohne Stress und Gezeter.

Es würde ihm wirklich Spaß machen, was wir da so auf „juergenundelke" auf Instagram und TikTok veröffentlichten.

Er selber hätte auch gleich drei APEs bei sich Zuhause stehen. Und betreibt in der Schweiz in Weinfelden einen APE Club. Einmal im Jahr gäbe es ein APE Treffen mit bis zu 80 Fahrzeugen. Es wäre cool, wenn wir auch einmal dabei sein könnten.

Also Zufälle gab's, das glaubt dir doch kein Mensch. Natürlich wäre ich einmal sehr gerne auf diesen APE Treffen dabei gewesen. Wir tauschten unsere Adressen aus und versprachen in Kontakt zu bleiben - wie geil war das denn?

Ein Schweizer APE Freak auf Texel!

Wir tranken noch kurz ein Bier zusammen, ehe ich mich wieder auf den Weg machte. Der führte mich nun über De Waal nach Den Burg und Oudeschild zurück nach Den Hoorn. Das war ein schöner Dienstag Vormittag für mich. Ich war knappe 25 Kilometer mit dem Rad gefahren und hatte auch noch einen Fan oder besser gesagt einen Follower von uns getroffen.

Gegen Mittag trafen die anderen drei wieder im Hotel ein und wir beschlossen hinüber in das kleine Café zu gehen, um zu Mittag zu essen.

Danach mußten wir wieder nach Den Burg zurück, um den Rollator für Chris zu holen.

Er war zwar nicht das neuste Modell, aber dafür war er nicht teuer. Wir bekamen ihn für eine einmalige Leihgebühr von zehn Euro. Und das beste daran war noch, dass die Firma den Rollator im Hotel wieder abholen würde.

So, jetzt konnte Chris theoretisch losziehen und Texel alleine unsicher machen! Aber er zog es vor, bei uns zu bleiben.

70

... am Ende unseres dritten Tages.

Am Nachmittag fuhren wir also nach Den Burg zurück um den Rollator zu holen. Außerdem wollten wir den beiden noch den „Love Rock" in De Cocksdorp zeigen. Wir fanden es eine nette Geste unseren Frauen gegenüber, dass wir auch im Urlaub an sie dachten.
Manfred fand das eine nette Idee und verewigte den Namen seiner Frau ebenfalls auf dem Felsbrocken. Chris, der mit dem Rollator, fand es kitschig und machte da nicht mit. Außerdem hatte er mit dem Rollator einige Schwierigkeiten sich am Strand fort zu bewegen. Zu tief sanken die schmalen Räder in den Sand ein. - „So ein Scheiß! - Jetzt habe ich einen Rollator und kann doch nicht wirklich etwas mit ihm anfangen.", hörten wir ihn fluchen.
Aber ansonsten war das Ding schon eine große Hilfe für ihn. Auf normalem Untergrund tat er seine Dienste sehr gut.
Über De Koog ging es dann wieder heimwärts. Wir gingen abermals in unser kleines Café, wo wir eine Kleinigkeit aßen. Das Café war so etwa das einzige Lokal, in dem wir uns wohlfühlten. Andere in dieser Art gab es nicht. Das Wohlfühlen hörte aber damit auf, als wir für einen Hamburger 16,80 Euro bezahlen mußte. Ja, teuer war es hier so richtig!
Unter dem Einfluß des gestrigen Abends hatten unsere Helden nicht mehr sehr viel Lust noch länger in dem Café zu verweilen. Man trank auch nicht mehr so viel wie am Vorabend - trat da etwa das Alter ein wenig in den Vordergrund? Ich weiß es nicht. Schließlich einigten wir uns darauf an der Hotelbar noch ein Bier zu trinken, da auch das andere Restaurant geschlossen hatte, in dem Chris noch gerne weiter recherchiert hätte. Um halb elf war dann Schluß - Hotelbar geschlossen!

Heavy Metal Festival in Wacken

Also dieses Wacken war einfach nur ein Erlebnis.
Wir waren froh, dass wir die Gelegenheit genutzt
hatte, um in diesem Jahr dabei zu sein. So viele
friedliche und vor allem freundliche Menschen hier
auf diesem Gelände. Es waren Typen darunter,
denen willst du nicht im Dunklen begegnen - aber
auch die, freundlich und hilfsbereit - echt cool,
Mann.
Dann natürlich dieses Traumwetter. Kein Tropfen
Regen - Sonnenschein pur.
Stephan wurde übrigens noch in der selben Nacht
um 23:00 Uhr aus dem Ausnüchterungszelt ent-
lassen und fand den Weg alleine zurück zu uns.
Das mußte er auch, weil Philipp sein Handy aus-
geschaltet hatte. Was natürlich sehr schlau war,
denn schließlich hätte man ihn angerufen, wenn
etwas mit Stephan gewesen wäre. Aber so war dann
schließlich alles wieder gut. Stephan trank für die
Dauer des Festivals nicht mehr so viel. Es schien
ihm nicht bekommen zu sein.

Ich habe auf der Wacken Homepage, von der ich
übrigens einige Bilder verwendet habe, gelesen,

dass das Festival Gelände ca. 240 Hektar groß ist.
Das sind für solche, die von Hektar keine Ahnung
haben: 2.400.000 Quadratmeter. Wenn man es
mal auf ein Quadrat umrechnet, dann wäre das
Quadrat ca. 4,9 Kilometer breit und ebenso lang.
Irgendeiner sprach sogar von 420 Hektar. Ich weiß
nicht was stimmt. Auf jeden Fall ist das hier alles
riesengroß.

Infield - the The Holy Land

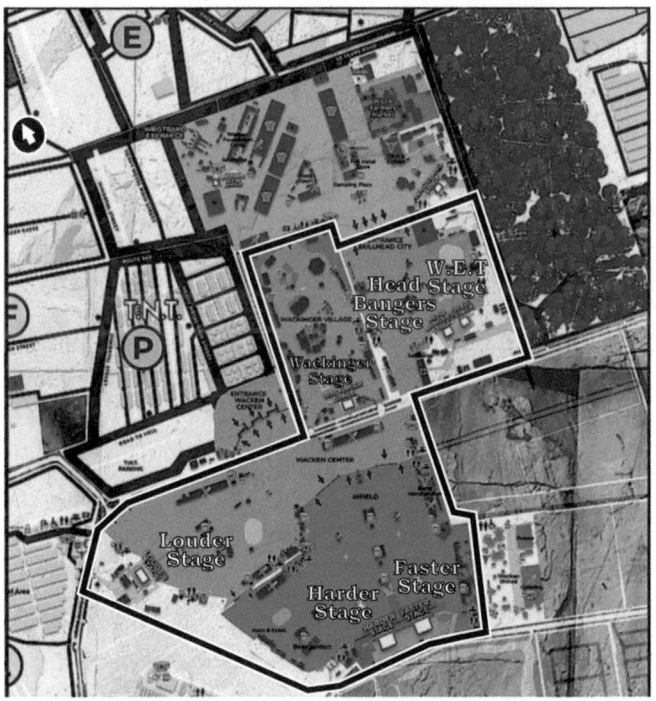

Und wenn man dann das Pech hatte, dass man
am äußersten Rand des Campingplatzes eingeteilt

wurde, dann lief man da gerade mal ne schlappe Stunde, bis man im Infield, auch The Holy Land genannt, war. Da hatten wir echt Glück mit unserem fünfzehn minütigen Laufweg.

Jetzt bin ich ja nicht wirklich ein Metaller oder Metalhead, wie man zu sagen pflegt. Und dennoch bin ich in Wacken gewesen. Man kann die Atmosphäre dort nicht wirklich beschreiben - man muß einfach in Wacken gewesen sein.

Und Leute, ich kann euch sagen, wenn ihr nicht gerade Folklore oder Schlagerfans seid, dann kommt ihr hier bestimmt auch auf eure Kosten. Denn wer unter einhundertundachtzig Bands keine findet, dessen Musik einem gefällt, der bleibt wohl Zuhause und rostet da ein.

Natürlich gab's hier auch Heavy Metal auf die Ohren. Auf den beiden Bühnen, die W.E.T und Head Bangers Stage spielten den ganzen Tag über nur Heavy Metal Bands. Ein großes Zelt nicht weit weg von den beiden Bühnen lud dazu ein vor der Sonne etwas Schutz zu bekommen und sich an den nahe gelegenen Buden mit Speisen und ~~Getränken~~ Bier zu versorgen.

Zum Beispiel spielten für so alte Menschen, wie ich es einer bin, Suzi Quatro oder auch die The Sweet. Ich denke, dass einige der jüngeren Festivalbesucher keine Ahnung davon hatte, wer denn die sind. Weil deren große Zeit waren die siebziger Jahre - und sie machen immer noch Musik - gute fünfzig Jahre danach. Das ist doch der helle Wahnsinn. Es gibt genügend Menschen, die nicht einmal so alt werden.

Und es gab auch Irish Folk Musik wie z.B. Fiddler's Green. Die hatten so richtig Spaß am Mittag um 12:00 Uhr bei ca. zwanzigtausend Zuschauern. Also, wenn man so wollte, dann gab es eigentlich Musik für jedermanns Geschmack.

Die städtische Siedlung Wacken

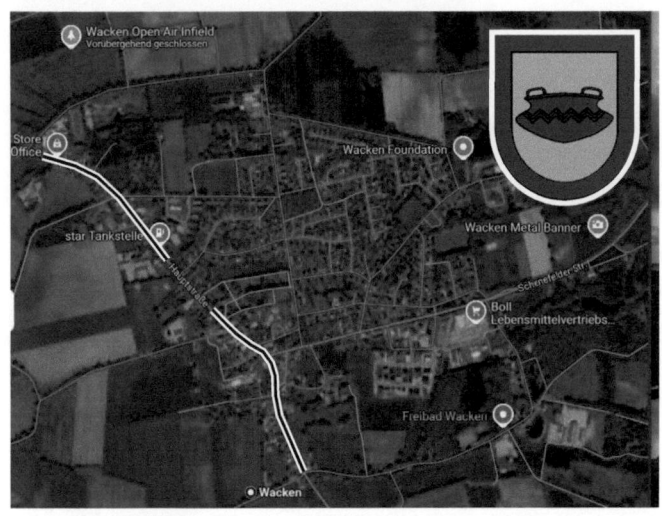

Postleitzahl	Breitengrad	Längengrad
25596	9,379255°	54,020134°
Einwohner normal	Einwohner nicht normal	Fläche 2,66 x 2,66 km
2.025	87.025	7,10 km²

Die Gemeinde Wacken liegt im Kreis Steinburg im Bundesland Schleswig-Holstein.
Einmal im Jahr herrscht dort der Ausnahmezustand. Nämlich immer dann, wenn das Wacken Open Air Festival angesagt ist. Dann verwandelt sich die Hauptstraße in eine große lange Partymeile, mit täglichen Besucherzahlen von ca. zwanzigtausend Menschen. In jedem Garten gab es einen Biergarten oder Stände mit Speisen und Getränken. Überall entlang der Straße waren Theken aufgestellt, die zum Verweilen einluden.

Elke und ich wollten uns unbedingt das kleine Dorf Wacken - also gut - die städtische Siedlung Wacken - ansehen. (Als städtische Siedlung gelten in der Bundesrepublik Deutschland laut amtlicher Statistik Gemeinden mit Stadtrecht ab 2.000 und mehr Einwohnern.) Deshalb machten wir uns am Freitag Vormittag auf die gut drei Kilometer lange Wanderung von unserem Campingplatz nach Wacken auf.
Und es hatte sich gelohnt! Wir hatten eine super Stimmung mit Menschen, die wir vorher noch nie gesehen hatten. Es war so schön hier, dass uns das eigentliche Festival ziemlich egal war.
Wir verbrachten den ganzen Tag in der städtischen Siedlung und hatten dann etwas Probleme wieder zurück auf den Campingplatz zu gelangen.

Der vierte Tag auf Texel

Eigentlich könnte man sagen, dass der gestrige Tag keine besonderen Vorkommnisse mehr hatte. Außer vielleicht den, dass wir an der Hotelbar Flaschenbier trinken mußten.

Wir hatten nämlich noch einmal von dem herrlichen Texel Bier bestellt, als ganz plötzlich das Fass leer war. - Von den vier bestellten Bieren bekamen wir nur zwei.

Wir einigten uns darauf, dass wir fortan Veltins Bier trinken wollten - aber auch der Zapfhahn gab nach genau zwei Gläsern ebenfalls den Geist auf. Und da es eine halbe Stunde vor Feierabend war, machte die Bedienung keine Anstalt mehr, neue Fässer anzustechen. Möglicherweise wollte sie sich aber auch ähnliche Auftritte unsererseits, wie die an den Tagen zuvor, ersparen.

Also mußten wir Flaschenbier trinken - ein Bier allerdings, das so süß wie Radler schmeckte - sprich es schmeckte überhaupt nicht. Deshalb löste sich die Runde sehr schnell auf, was sicherlich unserem Wohlbefinden zugute kam. Wir gingen relativ nüchtern zu Bett und waren dementsprechend fit am nächsten Morgen, so dass wir das Frühstück voll genießen konnten.

Heute schaute uns niemand krumm an oder bat uns mit ins Nebenzimmer zu kommen. Wir hatten heute morgen unseren ersten seriösen Auftritt am Frühstücksbuffet in diesem Hotel. Irgendwie mußte das Personal gedacht haben: „Geht doch!" Und irgendwie schien jetzt auch jedem klar zu sein, dass Chris gehbehindert war und nicht so besoffen, dass er nicht mehr laufen konnte. Denn jetzt stand natürlich sein Rollator neben dem Tisch, was ihn sehr viel glaubwürdiger erscheinen ließ. Draußen jedoch hatte das Wetter umgeschlagen. Es regnete.

Trotz Regen wollten wir noch einmal über die Insel fahren, denn schließlich war es heute schon unserer letzter Tag. Morgen früh war Abreise.
Wir konnten auf den Weiden, die entlang den Straßen lagen einige Tiere entdecken.

An erster Stelle jedoch stand die Schafzucht.
Das Inselklima verlieh den Schafen ein herrliches, zotteliges, dickes aber weiches Vlies.

Wir machten auch einen kleinen Abstecher nach
Oudeschild. Das ist ein charmantes Dorf an der
Ostküste von Texel am Wattenmeer. Es ist vor
allem als Heimathafen der Texeler Fischereiflotte
bekannt.

Die Inselbewohner auf Texel lebten zum größ-
ten Teil vom Fischfang, bevor der Tourismus die
wichtigste Einkommensquelle wurde. Heute gibt es
immer noch ca. 20 Fischkutter.

Ja, von dem Tourismus gab es noch einiges zu
sehen. Wir hatten wohl mit Den Hoorn das ruhigste
Städtchen auf Texel erwischt. In Den Burgh und
vor allem in De Koog waren noch etliche Urlauber anzutreffen. Und auch der Leuchtturm in De
Cocksdorp war noch gut besucht.

Wir hätten vielleicht auch noch einen Ausflug zu
den Robben Dünen machen können, aber dazu
reichte heute die Zeit nicht mehr. Statt dessen
suchten wir uns ein gemütliches Café in Den Burg
und sahen dem Treiben in den engen Straßen der
Stadt zu. Auffallend viele alte Menschen waren
hier unterwegs. Ich fiel also mit den dreien, die
ich im Gepäck hatte nicht sonderlich auf. Chris
genoß seinen Rollator, der ihm doch eine große

Unterstützung war. Ab und zu kamen ein paar jüngere hübsche Damen vorbei, was die Phantasie des einen oder anderen von uns in Schwung brachte. Chris, also der Gehbehinderte, erzählt was er doch früher für ein toller Hecht war.

Ja, früher, das war schon sehr lange her. Und so tranken wir Kaffee und heiße Schokolade und ließen den lieben Gott einen guten Mann sein.

Am frühen Nachmittag waren wir wieder im Hotel zurück, wo wir uns einen Mittagsschlaf gönnten. Denn bekanntlich war das heute unser letzter Tag auf der Insel.
Das war Anlaß genug, dass wir auch heute Abend wieder auf ein Bierchen gehen würden.
Anders formuliert hieß das, dass heute Abend noch einmal so richtig auf den Putz gehauen werden sollte. Noch dachte keiner an die Heimfahrt.

Manfred und ich verbrach-
ten den Nachmittag im
Hotel. Möglicherweise ahn-
ten wir schon, was heute
Abend auf uns zukommen
würde. Obwohl mit dem
was dann eintrat hatte niemand von uns gerechnet.

Die beiden Chrise gingen
nach De Hoeksteen um
sich die Kunstausstellung
einer Malerin aus Oude-
schild anzusehen.

Mein Chris kaufte sich ein
Bild und eine Holzplastik.
Vielleicht konnte er sich
ja tatsächlich an solchen
Dingen erfreuen. Aber
möglicherweise wäre es für
ihn schöner gewesen am
„Love Rock" für jemanden
einen Namen hinzuschrei-
ben.
„Wenn man alles hat, mein
lieber Jürgen, dann fängt
man an, Kunst zu kaufen.

Kann man von mir aus ja
so machen, solange das
Herrengedeck nicht gänz-
lich der Kunst zum Opfer
fällt.

Ein Abend, der es in sich hatte

Das Wetter hatte gewechselt. Nun war es wieder
sonnig und sogar so warm, dass wir vor unserem
Café im Freien sitzen konnten.
Meinem Chris ließ es aber irgendwie keine Ruhe. Er
hätte gerne noch ein wenig mehr über die Frau, die
er vor über fünfzig Jahren so schlecht behandelt
hatte gewußt. Er erhoffte sich von der Wirtin aus
unserem ersten Lokal noch einige Dinge zu erfahren. Deshalb drängte es ihn nochmals in das Lokal.
Manfred und „Chris zwei" wollten lieber noch draußen sitzen und die Sonne genießen.
Also begleitete ich „Chris eins" in das Restaurant.
Natürlich war die Wirtin auch heute wieder an der
Seite ihres Mannes hinter der Theke. Es waren
noch vier weitere Gäste da, die sich ebenfalls an die
Bar setzten. Die Wirtin kümmerte sich vornehm-
lich um die. Es schien, als ob man sich kannte.
Der Wirt redete gleich wieder mit uns und schenkte
sich immer wieder eines seiner teuren Biere ein - es
schien ihm zu schmecken.
Chris überlegte, wie er es anstellen sollte, damit er
mit der Wirtin ins Gespräch kam, aber es bot sich
dazu zunächst keine Gelegenheit.
Also tranken wir ein Bier nach dem anderen - mein
Chris trank sich womöglich etwas Mut an.

Dann verließ die Wirtin das Lokal um noch etwas
aus dem Kaufladen zu holen. Als sie zurück kam,
frage er sie, ob sie etwas Zeit für ihn hätte.
Tatsächlich nahm sie sich diese und die beiden
setzten sich an einen Tisch in der Ecke des Lokals.
Das Gespräch der beiden dauerte eine ganze Weile.
Sie mußte ihm dann doch noch einiges über die
Verstorbene erzählt haben. Chris schien dankbar
für das Gespräch zu sein.

Ich ließ die beiden dort sitzen und schaute mal zu
den andern Freunden von Chris rüber. Sie sagten,
dass auch sie bald in das Restaurant kommen würden. Ich fragte „Chris zwei", ob er denn noch laufen
könnte, denn schließlich hatten auch die beiden
schon wieder etliche Biere zu sich genommen. Alles
klar, meinte er, denn schließlich hatte er ja den
Rollator bei sich.
Als wir ins Lokal kamen, saß mein Chris schon
wieder an der Bar und hatte natürlich zwei weitere
Bier bestellt. Er erzählte mir von dem guten Gespräch, welches er mit der Wirtin gehabt hatte und
war froh darüber, dass er nun doch noch einiges
über das Leben seiner ehemaligen Freundin erfahren durfte. Er wirkte etwas traurig, wandte sich
aber dann wieder seinem Bier zu.
Dann kamen auch schon die anderen beiden und
setzen sich zu uns an die Theke. Unser Rollator
Chris hatte doch mehr Mühe damit auf den Hocker
zu kommen, als er sich selbst eingestehen wollte.
Er trank dann auch nur noch zwei Bier und wollte
zurück ins Hotel um sich hinzulegen. Es war auch
schon kurz vor zehn und es war damit zu rechnen,
dass das Texeler Nachtleben kurz vor Schluß stand.
Auch ich hatte wieder genug getrunken - Oude Genever und Bier taten, was sie tun mußten. Ich bot
mich deshalb an, Chris ins Hotel zu bringen.

Da aber er und Manfred nur einen Zimmerschlüssel hatten wurde ein Plan gemacht, damit Manfred
später ins Zimmer gelangen konnte. Wie man ja
weiß hatte mein Chris und ich in der Zwischenzeit
jeder einen eigenen Schlüssel bekommen.
Der Plan war also der, dass ich Rollator Chris ins
Bett brachte oder zumindest an der Kante seines
Bettes abstellte, um dann seinen Schlüssel mit in
mein Hotelzimmer zu nehmen, wo ihn sich Manfred

abholen konnte. Denn man kam ja mit meinem
Chris seinem Schlüssel ins Hotel.
Wir kamen gerade noch rechtzeitig, um an der Hotelbar noch ein letztes Bier zu bekommen. Dann tat
ich so wie mir geheißen. Ich verfrachtete Chris in
sein Zimmer und nahm seinen Schlüssel mit nach
oben, da nach oben, wo die Treppe so schmal und
steil war und legte ihn gut sichtbar aufs Nacht-
schränkchen, damit er dort abgeholt werden konnte. Dann ging auch ich zu Bett.

Irgendwann in der Nacht kamen die beiden nach
Hause und es wurde Manfred der Schlüssel überge-
ben, damit er unten in sein Zimmer konnte.
Dann war Ruhe, denn auch Chris war müde und
wir schliefen ein. Ich kann es nicht mehr genau
sagen, aber es mochte so eine dreiviertel bis Stunde
später gewesen sein, als wir durch einen Anruf auf
Chrises Handy aus dem Schlaf gerissen wurden.
Am anderen Ende war Manfred: "Kann mal einer
nach unten kommen. Ich stehe hier in der dunklen
Hotellobby und finde mein Zimmer nicht mehr."

Das hörte sich jetzt richtig komisch an. Was hat
der Kerl so lange da unten gemacht? Und warum
findet er sein Zimmer nicht mehr - das Hotel war
nicht wirklich groß. Aber gut im Dunklen ... nein,
auch im Dunklen konnte man die eine der zwei
Türen finden, die ihn in den Flur zu seinem Zimmer
gebracht hätte.

Ich sprang aus dem Bett, schnappte mir mein
Handy um damit die Taschenlampe zu bedienen
und ging hinunter in die Lobby. Im Halbschimmer
der Taschenlampe sah ich Manfred an der Seite der
Eingangtüre stehen. Als ich mit der Taschenlampe
auf ihn zeigte erschrak ich fast zu Tode.

Eine Gruselszene aus Alfed Hitchcooks Filmen
konnte nicht schlimmer aussehen. Ich leuchtete
ihm ins Gesicht und sah, dass sein ganzer Kopf voller Blut war. Das Blut lief ihm über die Augen, so
dass ich zunächst dachte, dass er aus den Augen
blutete.

„Mein Gott Manfred, was hast du denn gemacht?"
„Ich glaube ich bin eine Treppe hinunter gefallen,
an sonst kann ich mich an nichts mehr erinnern!"

Das stimmte wohl, denn er konnte sich nicht mehr
daran erinnern, dass er den Hotelzimmerschlüssel
bei uns abgeholt hatte. Und wo war der überhaupt.
Im Moment war er nicht zu finden.

Also schnappte ich mir Manfred und brachte ihn zu
seiner Zimmertür, wo wir natürlich nicht rein konnten. Es blieb mir nichts anderes übrig, als gegen
die Türe zu schlagen, geradeso, wie es Chris vor
zwei Tagen an meiner Türe getan hatte. Der Rollator Chris hatte zu unserem Glück einen leichten
Schlaf, aber es dauerte eine Ewigkeit, bis er an der
Türe war. - Derweil blutete Manfred immer noch,
gefühlt aus jeder Öffnung, die sein Kopf herzugeben
schien.
Andere Hotelgäste bekamen zum Glück nichts von
dieser scheußlichen Aktion mit.

Sobald die Tür offen war, setzte ich ihn auf das Bett
und rief meinen Chris an - wir brauchten Verbandzeug aus seinem Auto.
So schnell es eben ging, denn schließlich war man
ja auch nicht mehr ganz nüchtern, besorgte er uns
seinen Verbandskasten. Ich unterließ es zu fragen,
ob er wieder jedes Haus einzeln begrüßt hätte, denn
auch das dauerte wieder eine ganze Weile.

Dann wusch ich Manfred das Gesicht ab und bemerkte, dass er eine riesige Platzwunde am Kopf
hatte. Die zog sich einmal quer über seinen Glatz-
kopf - gute zehn Zentimeter standen da wohl auf.
„Tu mal ein Pflaster drauf", forderte er mich auf.
Nein, mit einem Pflaster war da nichts auszurich-
ten. Das Ding mußte genäht werden. Und es mußte
ein Notarzt her.

Zunächst fragte ich bei Google nach, welche Notruf-
nummer in den Niederlanden galt. Es war genauso
wie in Deutschland die 112.

Also rief ich da an, zunächst auf englisch, aber es
stellte sich gleich heraus, dass der am anderen
Ende der Leitung gut deutsch verstand. Ich gab
unsere Position durch und so kam gegen halb eins
noch ein Sanitätswagen vor das Hotel vorgefahren.

Während wir auf den Notarzt warteten streckte mir
mein Chris eine zweigeteilte Hotelzimmerschlüssel-
karte entgegen.
Selbst wenn wir die gehabt hätten, wären wir nicht
ins Zimmer gekommen. Er hatte sie unterhalb der
schmalen, steilen Treppe gefunden, die von unserem Hotelzimmer nach unten führte. Ob wir wohl
morgen früh noch einmal eine Karte bekämen?

Mal sehen, aber jetzt wurde zuerst Manfred ver-
arztet. Er konnte nicht sagen, ob er ohnmächtig
war. Aber ansonsten war sein Kreislauf stabil und
er schien wieder bei Besinnung zu sein. Er konnte
klar und deutlich auf die Fragen des Arztes antwor-
ten. Was wohl daran lag, dass er nur gefühlt fünf
Bier getrunken hatte.
Auch sonst schien er wieder ganz bei sich zu
sein. Er wußte immerhin, dass er eigentlich einen

Schlüssel im ersten Stock holen sollte.

Der Arzt sagte ihm, dass man nichts zum Nähen dabei hätte, aber es wäre durchaus möglich die Wunde innerhalb der nächsten zwölf Stunden versorgen zu lassen.

Also bekam er für heute nur einen Turban verpaßt, um die Blutung unter Kontrolle zu halten. Außerdem riefen sie in irgendeiner Praxis an, wo sie für den nächsten Morgen einen Termin ausmachten. Dann verließen sie uns wieder und wir konnten nun endlich ins Bett verschwinden.

Die Sache hatte natürlich zur Folge, dass wir ziemlich früh am nächsten Tag raus mußten, um den Arzttermin nicht zu verpassen. Eigentlich wollten wir es ja etwas gemütlicher angehen lassen - aber so ging das ja jetzt nicht mehr.

Also brachte Chris Manfred am nächsten Morgen in aller Frühe nach Den Burg. Der Rollator Chris und ich trafen uns derweil zum Frühstück im Aufenthaltsraum.

„Stell dir vor, Jürgen, jetzt hat der doch heute Nacht im Schlaf diesen Turban verloren. Du glaubst nicht wie sein Bett aussieht - also achtzig Euro würde ich schon mal für die Zimmereinigung auf die Seite legen - und dann haben wir da ja noch diesen Zimmerschlüssel - in zwei Hälften."

Das durfte doch alles nicht wahr sein. In welchen Alfred Hitchcook Film war ich hier eigentlich gelandet? Kann es wirklich sein, dass so ein kleiner Trip zurück in die Vergangenheit so enden mußte? Rollator Chris meinte nur, dass ich mir dabei nichts denken soll. Immer wenn sie in der Vergangenheit unterwegs gewesen sind, passierten ähnliche dramatische Dinge. Ich überlegte, ob ich beim nächsten Mal nicht die Begleiter wechseln sollte?

Eigentlich hatte Manfred ein verdammtes Glück gehabt, als er da unten auf dem Mauervorsprung aufschlug. Er hätte durchaus auch tot sein können. Was wäre das für eine Tragödie gewesen.

Aber bekanntlich haben kleine Kinder und angetrunkene Menschen Glück im Unglück.

Und bei all seinem Glück hoffen wir natürlich, dass ihm kein bleibender Schaden dadurch entstanden ist! Denn einen Dachschaden aus Texel mit nach Hause zu bringen war keinesfalls erstrebenswert.

Später erfuhren wir natürlich, dass er wieder ganz der Alte sei - Unkraut vergeht eben nicht.

Und bereit für neue Abenteuer.

Der fünfte Tag auf Texel - Abreise

Wir waren noch nicht mit dem Frühstück fertig,
als die beiden auch schon wieder im Hotel zurück
waren. Man hatte die Wunde nicht genäht, sondern
mit irgend welchen Pflastern zusammengezogen.
Seine Glatze zierten jetzt sieben solcher Pflaster.

„Was hast du denn mit deinem Bettzeug gemacht?"
wollte ich von ihm wissen. „Ach hör mir bloß auf,
was ist denn das für ne Scheiße - ich muß gleich
mal zu der Hotelmanagerin hin und ihr beichten."
„Wat mut dat mut!" würden die an der Waterkant
sagen.

Also frühstückten wir zunächst einmal in aller Ruhe. Dann wurde gebeichtet - die Zimmerreinigung
bezahlt - und die Koffer gepackt.
Ich glaube dass in der ersten September Woche im
Jahre 2024 die Belegschaft eines kleinen Hotels in
Den Hoorn auf der Insel Texel in den Niederlanden
einen innerlichen Luftsprung gemacht hatte, weil
wir endlich wieder abreisten. Und ich glaube, dass
wir hier niemals mehr einchecken dürfen - denn
unsere Namen waren mit Blut geschrieben in der
dortigen Bettwäsche für immer verewigt.

Mich beschlich so ein komisches Gefühl. Würde
mir auch noch irgend etwas schräges passieren?
Denn schließlich war ich der einzige von uns vieren,
der sich ganz brav und anständig auf dieser Insel
bewegt hatte.
Aber es stand noch eine lange Heimreise an ... es
wird doch nichts passieren?

Ich bezahlte noch den Rest unserer Rechnung.
Sie hatten alles was wir an der Hotelbar getrunken

hatten auf unser Zimmer geschrieben. Auch der
Mietpreis fürs Fahrrad war dort aufgeführt. - Die
Extrakosten für die Zimmerreinigungen wurden
gesondert mit den Verursachern abgerechnet. Die
Hotelzusatzrechnung wurde kurzerhand durch vier
geteilt.
Da ich irgendwie der war, der von jedem Unglück
verschont geblieben war, half ich den anderen ihre
Koffer vor die Hoteltür zu tragen, wo uns Chris abholen sollte.
Er kam mit lautem Gehupe in den Hof gefahren.
Also so ein lautes Gehupe, wie es die Warnsirenen
an Autos haben, um nicht gestohlen zu werden.
Das war dem Hotelmanager nun doch zu viel.
Mit hochrotem Kopf kam er aus der Tür gestürmt,
direkt auf Chrises Auto los. Der saß drinnen und
war mit beiden Händen am winken, dass er das
nicht sei. Zu unserem Glück war das dann auch so.
Ein Paketbote, der gleich ums Eck vor dem Hotel
stand konnte eine Adresse nicht finden. Deshalb
fiel ihm nichts besseres ein, als einfach mal auf die
Hupe zu steigen.
Einmal in Rage rannte der Hotelmanager gleich
weiter zu ihm und erzählte ihm einige nette Wort.

Dann waren die Koffer endlich verstaut und wir
konnten Richtung Fähre losfahren. Ich ging noch
einmal zurück ins Hotel, bedankte mich für ihre
unendliche Geduld und für alles was sie für uns
getan hatten. Ich weiß nicht, ob sie mit meiner
Entschuldigung etwas anzufangen wußten. Wahrscheinlich waren sie einfach nur froh, dass der
Spuk ein Ende hatte.
Und zu guter Letzt stand ein einsamer alter Rollator
in der Hotellobby.

Meine Befürchtungen sollten sich nicht bestätigen.
Ich blieb auf dieser Reise wirklich unversehrt.
Wir fuhren bis zur Fähre zu viert zurück und
brachten die beiden nach dem Übersetzen aufs
Festland in Den Helder zum Bahnhof. Vor ihnen
lagen gut fünf Stunden Zugfahrt.
Wir sollten viel länger als geplant über die niederländischen Autobahnen Richtung Deutschland
fahren. Immer wieder wurden Staus vom Navigati-
onsgeräte vorher gesagt und immer wieder suchte
es neue Strecken für uns aus. Wir fuhren bis in
den Südzipfel der Niederlande, vorbei an Maastricht
und dann erst bei Aachen über die Grenze bis endlich hin zur A61.
Und auf den deutschen Autobahnen war richtig
Verkehr. Da wir ja unter der Woche fuhren waren
auch enorm viele Lastwagen unterwegs. Wir kamen
nicht so recht vorwärts. Und so sollten wir für unsere Rückreise satte zwölf Stunden brauchen.
Aber ich kam rechtzeitig am Donnerstag Abend Zuhause in Isny an. Da blieb nicht mehr viel Zeit die
Koffer auszupacken, denn gleich morgen früh sollte
es zum End of Summer Festival nach Willofs gehen.
Chris übernachtete bei mir, um in aller Frühe die
Weiterfahrt nach Wien anzutreten.

Was war das für eine turbulente Reise?

Stand sie schon von vornherein unter einem schlechten Zeichen. Wie ist das, soll man wirklich in seiner Vergangenheit herum forschen. Soll man wirklich nach so vielen Jahre versuchen Dinge gerade zu biegen, die früher schlecht gelaufen sind? Was wäre passiert, wenn Chris diese Frau tatsächlich wieder getroffen hätte. Was wäre passiert wenn ganz plötzlich alte Gefühle wieder hochgekommen wären? Wie vielen anderen Menschen hätte er vielleicht weh tun müssen, um noch ein spätes Glück mit dieser Frau gehabt zu haben?
Und würde er dann nach Jahren auch zu diesen Menschen zurückkehren, um sich zu entschuldigen? Ich weiß es nicht?

Und ist das Leben so wie es im Moment ist, nicht dein jetziges, einziges und wirkliches Leben?

„Yesterday is dead and
gone
and tomorrow's out of
sight",

heißt es in einem Lied
von Kris Kristofferson.

22.06.1936 - 28.09.2024

Die Vergangenheit ist tot und vorbei und die Zukunft außer Sicht.
Die Vergangenheit ist tot, also lasse sie tot bleiben und wende dich der Zukunft zu, die ganz bestimmt noch einige gute Stunden für dich bereit hält, denn der Blick nach vorne, ist der, welcher dich am aktiven Leben hält!

End of Summer in Willofs

Kaum Zuhause, schon ging's wieder weiter. Und es war abermals wie auf der Flucht! Schon wieder mußte ich die APE bestücken, damit wir auf unser letztes Festival in diesem Jahr fahren konnten.

Die knapp fünfzig Kilometer nach Willofs kannte die APE bereits auswendig. Es war wohl das vierte Mal, dass wir mit ihr dort waren. Wir zählen quasi schon zum Festival Inventar.

Und man mußte sich ja auch um die jungen Nachbarn kümmern und dabei an irgend welchen Saufspielen - Flunkyball genannt - teilnehmen.

Unsere Mannschaft hatte leider diese Spiel verloren.

Zum einen deshalb, weil man vergessen hatte, mir zu sagen, dass ich so schnell trinken müsste, wie es nur geht, zum anderen weil die Mädels in der gegnerischen Mannschaften dergestalt beschissen, weil sie ständig tranken, auch dann wenn sie nicht an der Reihe waren.

„Du bist wohl eher der Genießer unter den Trinkern!", kam dann auch prompt der Kommentar eines Mannschaftskameraden.

Aber was konnte ich schon dafür, wenn sie mir das Spiel nicht richtig erklärten.

Toni, ein Freund von Elke aus früheren Tagen und einer von mir aus jüngeren Tagen, unterstützte uns. Aber auch er vermochte dem Spiel keine bedeutende Wendung zu geben.

Eine Revanche wollte man uns nicht gewähren, möglicherweise weil uns ein schnelleres Trinken nicht zugemutet wurde.

Aber das machte uns nichts aus, denn es war spät geworden und in den beiden Festival Zelten traten so langsam die ersten Bands auf. Wir beschlossen vorher noch im Gasthaus Obermindeltal etwas zu essen, bevor wir uns ins Willofser Nachtleben stürzen wollten.

Die Speisekarte in dem Gasthof war während des Festivals sehr überschaubar.

Es gab:	1	Portion Pommes
	2	Salat
	3	Schnitzel mit Pommes
	4	Schnitzel mit Salat
	5	Schnitzel mit Pommes und Salat

Dazu reichten sie ein schönes Bierchen - und das alles für 17,50 €, Da konnte man nicht meckern, zumal die Portionen so gewaltig waren, das wir den ganzen Abend über eigentlich völlig satt waren. Es paßte schier kein weiteres Bier mehr in den Bauch und so fingen Elke und Toni an Flying Hirsch zu trinken, das war so etwas mit Jägermeister und Red Bull - haute ganz schön rein! Ich versuchte weiterhin Bier zu trinken, aber es fiel schwer an diesem Abend.

Und am nächsten Tag gab es ein feines Ständchen von zwei ganz bezaubernden Damen für die alten Leute mit dem dicken Redbull/Jägermeister Kopf von gestern Abend.

Und am Himmel gab es dazu eine kleine Light Show, wie man sie auch nicht alle Tage sieht. Es war mal wieder für jeden etwas dabei. Schön - diese außergewöhnlichen Lichtspiele der Natur.

Auch wenn die Bands, die hier spielten nicht ganz mein Geschmack waren, war es ein schönes Fest.

Und was auch noch sehr schön ist:

Wenn du mit jemanden unterwegs bist, der das alles ohne Murren oder Meckern mitmacht.

Und genauso verrückt nach Leben, Leute, Musik und einer unbekümmerten Zeit ist wie du selbst.

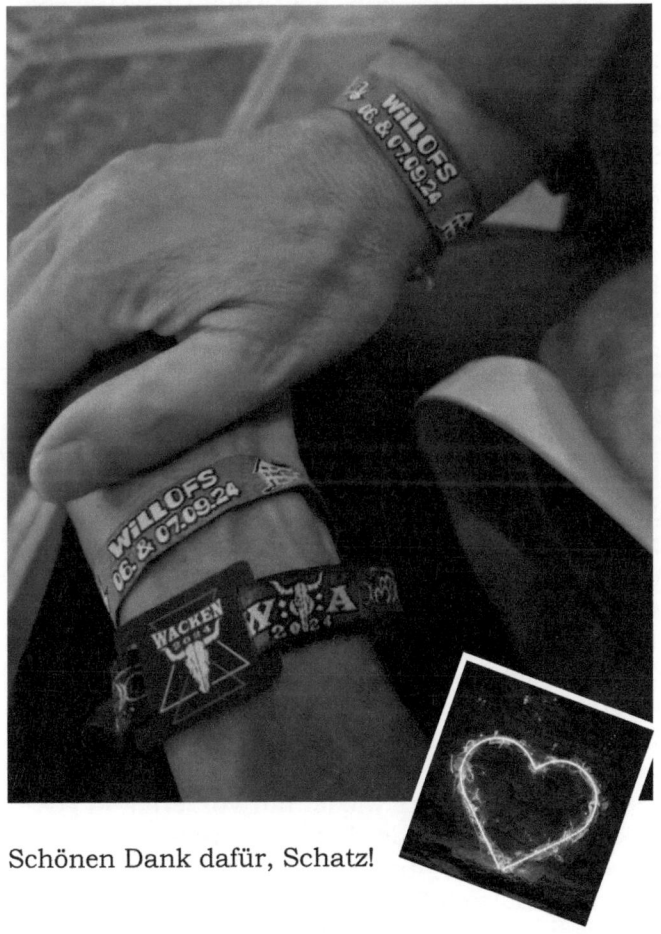

Schönen Dank dafür, Schatz!

Mal eben Zürich und zurück

Elke hatte ihr Auto immer noch am Campingplatz
in Beuren stehen. Gut, dass sie mich in Friesenhofen daran erinnert hatte. Also bog ich jetzt nach
rechts ab, anstatt die restlichen acht Kilometer
nach Isny durchzuziehen.
Ihr kleiner orangefarbener Fiat Panda schien schon
auf uns zu warten. Da ich etwas in Zeitdruck war,
packten wir schnell die restlichen Lebensmittel
und einige ihrer Sachen, die sie dringend brauchte
aus der APE in den Fiat.
Sie hatte schon im Vorfeld gesagt, dass sie nicht
mit nach Zürich fahren wollte. Zuhause warteten
ihr Bruder und ihre Mutter auf sie, die es nicht
immer toll fanden, wenn sie so viel auf Reisen war.
Also gab es jetzt hier noch schnell ein Küsschen
hier, ein Küsschen da und komm wieder gesund
zurück.
Dann setzten wir uns in die beiden riesen Fahrzeuge und fuhren los. Ein Stück weit Richtung
Isny hatten wir den selben Weg, aber dann bog sie
rechts Richtung Lindau ab.
Um 1330 Uhr erreichte ich mein Ziel in Isny. Zeit,
um die APE auszuladen blieb jetzt keine mehr.
Meine Tochter, die ja auch noch mein Auto hatte
würde um 14:00 Uhr kommen, damit wir zu meinem Sohn nach Zürich fahren konnten.
Zuerst wollte auch sie nicht so recht mit, war auch
sie erst heute vormittag von einem Bergausflug mit
Mann, Hund und Kindern gekommen. Da gab es
dann auch noch Stress, denn schließlich mußte
das Auto ihres Vaters wieder auf Vordermann gebracht werden. Und der hatte jetzt gerade mal eine
halbe Stunde Zeit, um unter der Dusche durch-
zulaufen und sich für die Geburtstagsparty seines
Sohnes in Zürich herzurichten.

Es war halt alles nur eine Frage der Organisation.
Um 14:00 Uhr stand sie vor meiner Tür. Für ein
Geschenk reichte es jetzt nicht mehr, also schob
ich ein paar Geldscheine in ein Tütchen und ver-
packte es einigermaßen Geschenk gerecht.
Geld konnte man immer brauchen.
Doch viel mehr würde er sich über unseren Besuch
freuen. Seine Mutter war schon gestern angereist
und plante heute, am Sonntag, auch wieder zurück
nach Leutkirch zu fahren.
„Können wir noch kurz an der Tanke vorbei, ich
habe heute morgen noch keinen Kaffee gehabt?",
fragte meine Tochter. Natürlich konnten wir noch
an der Tanke vorbei - oder besser gesagt, natürlich
mußten wir noch an der Tanke vorbei. Ich hatte
mein Auto, welches ich ihr immer voll betankt hin-
stellte, noch nie wieder betankt zurückbekommen.
Also würde der Sprit eh nicht bis Zürich reichen.
Außerdem brauchten wir noch eine Vignette für die
schweizer Autobahn.
Wir waren gut in der Zeit, denn die Party war für
17:00 Uhr angesetzt. Und in drei Stunden konnten wir die knapp einhundertundachtzig Kilometer
schaffen, wir waren ja schließlich nicht mit der
APE unterwegs, die Zuhause vor der Tür stand und
darauf wartete ausgeräumt zu werden,
Anfänglich kamen wir gut durch. Ich mag die
schweizer Autobahnen auf denen man nur einhundertundzwanzig Stundenkilometer fahren darf, das
sieht da immer so aufgeräumt aus. - Kein Vergleich
natürlich mit den niederländischen Autobahnen,
wo man nur einhundert Stundenkilometer fahren
darf. Da ist es dann noch einmal aufgeräumter.
Je näher wir nach Zürich kamen desto größer wurde der Verkehr - und vor Zürich Stau!

Ich hatte meinem Sohn noch geschrieben, dass er
einen Rasierapparat mitbringen sollte. Denn bei
einem Blick in den Rückspiegel fiel mir auf, dass
ich beim Rasieren eine Stelle wohl nicht richtig
erwischt hatte. Ich hatte oberhalb der Oberlippe
so ein kleines Hitler Bärtchen stehengelassen. Das
durfte natürlich gar nicht sein. Schon deswegen
nicht, weil er nicht zu meiner Frisur paßte.
Der Stau wurde immer dichter und so fuhren wir
zwei Ausfahrten vor Zurich von der Autobahn ab.
Dank Navigationsgerät fanden wir aber dann trotzdem relativ schnell die Ziegelhütte in der Hütten-
kopfstrasse 70 in 8051 Zürich.
Das war auch das Lokal, indem meine Schwie-
gertochter arbeitete. Man hatte dort für uns ein
Nebenzimmer hergerichtet, in dem die Feier stattfinden sollte. Obwohl wir etwas Verspätung hatten,
trafen die meisten Gäste erst nach uns ein. Meist
junge Familien mit Kindern im Alter meiner Enke-
lin. So konnte ich das Bärtchen noch weg rasieren.
Mein Sohn hatte sich pünktlich vor seinem Geburtstag eine Erkältung eingefangen und quälte
sich eher so durch den Abend. Das Fest dauert
auch nicht allzu lang, da das Restaurant um elf
Uhr schloß und die kleinen Kinder zeitig zu Bett
mußten.
Es war mehr so eine kleine Hockete, wie man bei
uns im Allgäu sagt. Dennoch hatte ich Gelegenheit
einige Freunde von meinem Sohn und deren Familie kennenzulernen.
Gegen neun Uhr verließ seine Mutter die Feier um
zurück nach Leutkirch zu fahren. Meine Tochter,
die den ganzen Weg nach Zürich gefahren war,
meinte, dass es günstiger sei, mit ihrer Mutter
heim zu fahren. Dann hätte ich den Stress nicht
mehr sie nach hause zu bringen, um dann wieder
die zwanzig Kilometer nach Isny zurückzufahren.

Mein Sohn bat mich bis zum Schluß der Feier zu bleiben, um ihn mit seinen Geschenken und der Familie heimzubringen. Es sei doch recht umständlich mit Kinderwagen und dem Bus. Außerdem hatte es sich eingeregnet.

Gerne blieb ich solange dort. Es reichte dann tatsächlich auch für ein gemeinsames Bier mit meinem Sohn. Denn Männer mußten mit Bier auf einen Geburtstag anstoßen, dieses Sektgesüff mochte ich ehe nicht.

Dann kam die Sekunde der Wehmut.

Dreiundvierzig Jahre wurde der Kerl heute - dreiundvierzig, das war nicht mehr so weit weg von fünfzig.

Und ich merkte wie alt ich eigentlich war - siebzig würden es im nächsten Jahr werden.

Und was treibe ich den ganzen Sommer lang?

Von einem Festival zum andern reisen. In einer Blechdose schlafend, mit einer ganz besonders reizenden Frau unter der bunten Bettdecke - sollte ich nicht eher im Schaukelstuhl sitzen, mit meinen Enkelkindern auf dem Schoß und Geschichten von den Brüdern Grimm erzählen - oder so?

Wir hatten zusammen gepackt und ich brachte die drei nach Hause. Es war eine kurze schöne Geburtstagsfeier. Mal eben nach Zürich gefahren, um mit dem Sohn auf seinen Geburtstag anzustoßen.

Dann ging es zurück nach Isny. Um Zürich herum war immer noch viel Verkehr und es regnete wie aus Kübeln, so dass man nicht einmal die einhundertundzwanzig Stundenkilometer ausnutzen konnte. Mir standen noch einhundertundachtzig Kilometer bevor. Aber das machte mir gar nichts aus: CD von Canned Heat eingeworfen - **On the Road again**! - Geil, geil, geil !

Um 2:30 Uhr nachts war ich dann auch Zuhause.

Was für eine wundervolle Welt

Ich sehe grüne Bäume
auch rote Rosen
Ich sehe sie blühen
für mich und dich
Und ich denke bei mir
Was für eine wundervolle Welt

Ich sehe einen blauen Himmel
und weiße Wolken
Der helle, gesegnete Tag
die dunkle heilige Nacht
Und ich denke bei mir
Was für eine wundervolle Welt

Die Farben des Regenbogens
so hübsch am Himmel
Sind auch auf den Gesichtern
von Leuten, die vorbeigehen
Ich sehe Freunde, die sich die Hände schütteln
sagen: „Wie geht es dir?"

Sie sagen es wirklich
Ich liebe dich
Ich höre Babys weinen
ich sehe ihnen beim Wachsen zu
sie werden noch viel mehr lernen
als ich jemals erfahren werde

Und ich denke bei mir
Was für eine wundervolle Welt
Ja, denke ich mir
Was für eine wundervolle Welt
Oh, ja

Louis Armstrong

Anruf vom Rollator Chris

Du hömma, Jürgen. Ich bin ja nicht so eine
Memme, wie du weißt, aber ich habe mich doch
entschlossen zum Arzt zu gehen. Du kannst dich
doch noch daran erinnern, dass ich in Texel über
Schmerzen in der Hüfte klagte. Ich bin da in dem
Einzelzimmer, welches sie mir für die erste Nacht
hergerichtet hatten gestürzt. Dabei verletzte ich
mich ja am Arm, was mir die Kosten von achtzig
Euro für die Zimmerreinigung einbrachten.
Der Arzt hat mir sofort einen Dringlichkeitsantrag
zum MRT geschrieben. Und stell dir vor, dabei
ist raus gekommen, dass ich mir das Sitzbein am
Becken gebrochen habe. Das ist ja jetzt nicht so
schlimm. Ich hatte das Becken schon zweimal gebrochen. Das wird wohl wieder von alleine zusam-
menwachsen, aber es tut halt höllisch weh!

Viel mehr Sorgen mache ich mir jedoch um meinen
Hund. Der war mit meiner Frau beim Friseur. Und
die Friseurin hat festgestellt, dass da was am rechten Ohr des Hundes nicht stimmt. Deswegen hat
sie ihm die Haare am rechten Ohr nicht geschnit-
ten. Das sieht vielleicht aus! Außerdem behauptet
sie, dass der Hund wohl einen Schlaganfall gehabt
haben müsste, das hätte sie schon mal in ihrem
Laden erlebt. Jetzt macht mich meine Frau hier
ganz verrückt. Ich soll doch mal zum Tierarzt gehen
- und das obwohl es dem Hund richtig gut geht - er
sieht halt nur Scheiße aus. Aber mein Tierarzt ist
bis nächste Woche im Urlaub. Das ist ein Theater
hier - kannste dir ja vorstellen. Und ich wußte bisher nicht, dass die Friseurin einen Doktortitel hat?

Ach ja, noch nen Gruß vom Manfred, da ist alles
gut zusammengewachsen - und schönen Dank für
deine Hilfe - von mir übrigens auch noch mal.

Manfred ist im Stress

Manfred genießt nun wieder seinen Ruhestand.
Allerdings hat er sehr viel Terminstress mit seinen
Urlaubsaktivitäten.

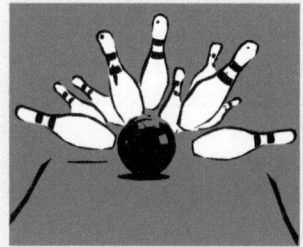

Er ist Mitglied in gleich
zwei Kegelvereinen.
Und die Kegelbrüder
und -schwestern nutzen
jede Gelegenheit, um auf
Tour zu gehen, sei es mit
der Bahn oder mit dem
Schiff.

Sie scheinen alle kein Zuhause zu haben.
Aber so ist es ja auch richtig, die Rente will ver-
braten werden. Und wer rastet der rostet, wie man
bekanntlich weiß.
Außerdem ist er noch viel mit seiner Frau unterwegs, so dass es meinem Chris immer schwerer
fällt einen gemeinsamen Termin für den jährlichen
Männerausflug zu finden. Doch irgendwie klappt es
dann am Ende doch noch.
Nur stellt sich jetzt, nach diesem etwas misslun-
genen Texel Ausflug die Frage, ob es den alten
Herrschaften gut tut, solche verwegenen Ausflüge
zu unternehmen. Denn wer bricht sich schon gerne
das Becken oder bremst einen Sturz auf einer sehr
schmalen und sehr steilen Treppe mit dem Kopf ab.

Die Kopfverletzung hat Manfred übrigens sehr gut
überstanden, ist aber inzwischen an der Hand
operiert worden. So ist das eben im Alter - immer
wieder eine andere Baustelle.
Das hindert ihn aber keinesfalls weiterhin aktiv im
Leben zu stehen - immer Vollgas!

Chris kann's nicht lassen

Gleich am nächsten Tag schrieb mir Chris eine SMS.
Er teilte mir mit, dass er die gut sechshundert Kilometer bis Wien in zwei Etappen geschafft hat.
Es gab da in Linz noch einen kleinen Aufenthalt, na du weißt schon, bei so einer aus dem Internet.
Die war aber auch nicht so wirklich nett.
Ich werde mal ganz in Ruhe weiter recherchieren.

Im übrigen hat mich der Alltag wieder - jeden Morgen schön ausschlafen - du weißt ja, Schönheitsschlaf, dann ins Café Hawelka unweit vom Stephansplatz. Wiener Schmäh halt - den kann man schon aushalten.

Und manchmal, wenn mir danach ist, gehe ich in die Freudenau.
Nein, nicht um Frauen zu treffen und Freude au(ch) mit ihnen zu haben.
Nein, um ganz einfach mal ein paar Euro auf mein Lieblingspferd zu setzen.

Und meine Einladung, du weißt schon, die von vor über fünfzig Jahren, die steht natürlich immer noch.
Denn Wien hat auch was. Und es ist nicht so blutig wie Texel. Wenn hier Blut fließt, dann endet das gleich auf dem Zentralfriedhof.

Schön, dass du bei meiner Spinnerei mitgemacht hast, ich hatte viel Spaß mit dir!

Liebe Grüße aus Wien
Chris

... und Jürgen?

Jürgen hatte zunächst einmal damit zu tun, das auf Texel erlebte zu verarbeiten.

 Was war das nur für ein Höllentrip? Allzu gut konnte er sich an das blutüberströmte Gesicht von Manfred erinnern. Und dann all das Blut in den Betten und auf dem Teppichböden! Leck mich doch am ...!

Wenn man sich so etwas ausgedacht hätte, gäbe es wohl nur wenige, die es einem abgenommen hätten. Das war ja schier unglaublich.

Aber sofort stand für ihn fest, dass das sein nächstes Buch werden würde. Leider gaben die vier Tage auf Texel nicht so viel Stoff her, dass daraus ein dickes Buch hätte werden können - vielleicht, wenn wir noch ein paar Tage länger dort geblieben wären. Möglicherweise wäre aber die Geduld des Hotelpersonals überstrapaziert worden. Ganz bestimmt hätten sie uns aus dem Hotel geschmissen oder gleich von der Insel verbannt. Ja, das war eine aufregende Reise für mich. Im Nachhinein bin ich überrascht, wie cool ich doch in all den unschönen Situationen geblieben bin. Aber wem hätte es auch geholfen, wenn ich hysterisch im Hotel rumgerannt wäre. Zum Glück verliefen nicht alle meine Unternehmungen die ich in diesem Jahr 2024 unternommen hatte so ab. Insgesamt gab es einen schönen Sommer für mich. Und immer wieder ist es eine große Freude für mich, wenn ich mit meiner roten APE den meisten Menschen ein Lächeln ins Gesicht zaubern kann. Und das möchte ich auch noch weiterhin tun.

Der nächste Sommer kann kommen!

Inhaltsverzeichnis
... und ein Sommer voller Festivals

Inhaltsverzeichnis
Blutiges Texel

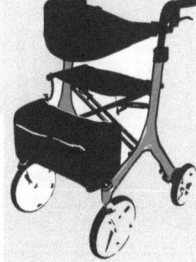

... und ein Sommer voller Festivals

Folk im Allgäu – 11. Celtic Folk Festival – 14. & 15. Juni 2024 – Uttenhofen / Leutkirch

Folk im Allgäu
2.086 Follower • 37 Gefolgt

Wacken 2024
Und das war WACKEN 2024! Über 140 Bands spielten während der 4 Tage vom 31. Juli bis 3. August auf fünf Bühnen. Erlebt einige atemberaubende und magische Auftritte bei uns.

Isny im Allgäu
November 2024

2. überarbeitete Auflage
28.01.2025

Text und Illustration
Jürgen Bahro

Fotos:
Elke Fessler
Jürgen Bahro
Pixabay
(https://pixabay.com/de)

Manche Bilder
wurden von den
Homepages der
jeweiligen Festivals
heruntergeladen
und verwendet.

... normalerweise ist Texel
überhaupt nicht blutig!